无疆的文学

世界的音符

尚书房

走向世界的中国作家

晚雨

贾平凹 著

CHINESE WRITERS
WITH WORLDWIDE INFLUENCE

文化发展出版社
Cultural Development Press

图书在版编目（CIP）数据

晚雨/贾平凹著. —北京 :文化发展出版社，2016.9（2021.2重印）
ISBN 978-7-5142-1410-9

Ⅰ. ①晚… Ⅱ. ①贾… Ⅲ. ①中篇小说—小说集—中国—当代
Ⅳ. ①I247.5

中国版本图书馆CIP数据核字(2016)第164837号

晚 雨

贾平凹/著

出 版 人：赵鹏飞
总 策 划：尚振山　曹振中
责任编辑：周　蕾
责任校对：郭　平　　**责任印制**：杨　骏
责任设计：侯　铮　　**排版设计**：麒麟传媒

出版发行：文化发展出版社（北京市翠微路2号　邮编：100036）
网　　址：www.wenhuafazhan.com
经　　销：各地新华书店
印　　刷：山东德州新华印务有限责任公司
开　　本：889mm×1194mm　1/32
字　　数：132千字
印　　张：7.25
印　　次：2016年9月第1版　2021年2月第4次印刷
定　　价：58.00元
I S B N ：978-7-5142-1410-9

◆ 如发现任何质量问题请与我社发行部联系。发行部电话：010-88275710

编委会

野　莽：中国作家，编辑家，出版家。作品被翻译成英、法、日、俄等国文字。国外出版有法文版小说集《开电梯的女人》等多部作品。主编有中、英文版“中国文学宝库”（50卷），中文版“中国作家档案书系”（30卷，与雷达），“中国当代长篇小说评点绘画本丛书”（15卷）及“中国当代精品文库”等大型丛书数百种。

安博兰：(Geneviève Imbot-Bichet)，法国汉学家，汉法文学翻译家，出版家。法国Éditions Bleu de Chine创始人。早年于台湾学习汉语，曾在法国驻华使馆（北京）任职。现为法国珈利玛出版社（Gallimard）中国蓝丛书负责人，法国“中国之家”文化顾问。曾翻译出版了大量中国作家的作品，其中最具影响力的有荣获法国三大文学奖之一——费米纳（Fémina）外国文学奖的《废都》。

吕　华：中国翻译家。曾任中央编译局中央文献翻译部法文处处长，中国外文局中国文学出版社副总编辑，中译法最终审稿、定稿人。对外翻译过三任国家领导人的文集。文学翻译有法文版长篇小说《带灯》以及大量中国当代作家如汪曾祺、陆文夫、贾平凹、韩少功、陈建功、刘恒、莫言、阎连科、周大新、王安忆、铁凝、方方等的代表作。

贾平凹：中国作家，书法家，画家。中国茅盾文学奖、费米纳文学奖、法国政府奖、美国美孚飞马文学奖获得者。作品被翻译成英、法、德、意、西、捷、俄、日、韩、越等二十多种文字。在国外产生影响的有英文版长篇小说《浮躁》，法文版长篇小说《废都》《土门》《古炉》等。

周大新：中国作家。中国茅盾文学奖获得者。作品被翻译成英、法、德、朝、捷等十多种文字。国外出版有法文版长篇小说《向上的台阶》等多部作品。由其短篇小说《香魂塘畔的香油坊》改编的电影《香魂女》获柏林国际电影节金熊奖。

尚振山：尚书房图书出版品牌创始人。出版有“中国名家随笔丛书”、“中国文学排行榜丛书”、“中国小小说名家档案”（100卷）等。

不仅是为了纪念

——"走向世界的中国作家"文库总序

野　莽

尚书房请我主编这套大型文库,在一切都已商业化的今天,真正的文学不再具有20世纪80年代的神话般的魅力,所有以经济利益为目标的文化团队与个体,已经像日光灯下的脱衣舞者表演到了最后,无须让好看的羽衣霓裳做任何的掩饰,因为再好看的东西也莫过于货币的图案。所谓的文学书籍虽然也仍在零星地出版着,却多半只是在文学的旗帜下,以新奇重大的事件冠以惊心动魄的书名,摆在书店的入口处引诱对文学一知半解的人。尚书房的出现让我惊讶,我怀疑这是一群疯子,要不就是吃错药由聪明人变成了傻瓜,不曾看透今日的文化国情,放着赚钱的生意不做,却来费力不讨好地搭盖这座声称走向世界的文库。

但是尚书房执意要这么做,这叫我也没有办法,在答应这事之前我必须看清他们的全部面目,绝无功利之心的传说我不会相信。最终我算是明白了他们与上述出版人在某些方面确有不同,私欲固然是有的,譬如发誓要成为不入俗流的出版家,把同行们往往排列第二的追求打破秩序放在首位，尝试着出版一套既是典藏也是桥梁的书，为此已准备好了经受些许财经的风险。我告诉他们，风险不止于此，出版者还得准备接受来自作者的误会，这计划在实施的过程中不免会遇到一些未曾预料的问题。由于主办方的不同，相同的一件事如果让政府和作协来做，不知道会容易多少倍。

事实上接受这项工作对我而言，简单得就好比将多年前已备好的课复诵一遍，依照尚书房的原始设计，一是把新时期以来中国作家被翻译到国外的，重要和发生影响的长篇以下的小说，以母语的形式再次集中出版，作为中国当代文学的经典收藏；二是精选这些作家尚未出境的新作，出版之后推荐给国外的翻译家和出版家。入选作家的年龄不限，年代不限，在国内文学圈中的排名不限，作品的风格和流派不限，陆续而分期分批地进入文库，每位作者的每本单集容量为二至三个中篇，或十个左右短篇。就我过去的阅读积累，我可以闭上眼睛念出一大片在国内外已被认知的作品和它们的作者的名字，以及这些作者还未被翻译的 21 世纪的新作。

有了这个文库，除去为国内的文学读者提供怀旧、收藏和跟踪阅读的机会，也的确还能为世界文学的交流起到一定的媒介作用，尤其国外的翻译出版者，可以省去很多在汪洋大海中盲目打捞的精力和时间。为此我向这个大型文库的编委会提议，在编辑出版家外增加国内的著名作家、著名翻译家，以及国外的汉学家、翻译家和出版家，希望大家共同关心和参与文库的遴选工作，荟萃各方专家的智慧，尽可能少地遗漏一些重要的作家和作品，这方法自然比所谓的慧眼独具要科学和公正得多。

当然遗漏总会有的，但那或许是因为其他障碍所致，譬如出版社的版权专有，作家的版税标准，等等。为了实现文库的预期目的，那些障碍在全书的编辑出版过程中，尚书房会力所能及地逐步解决，在此我对他们的倾情付出表示敬意。

2016 年 5 月 7 日写于竹影居

目 录

晚　雨

三月的太阳已经暖和，天鉴回过头来的时候，脸上是一片尴尬的笑。“我这……能行吗?”一股风却无根生起，收拢了枯叶旋转远去，汩汩的流沙便埋没了一双深面起跟的皂靴。天鉴的笑越发硬了，又说一句：“我能行吗?”

被风吹得趔趄倒地的同伙，一个俊脸的小匪，正靠了系着毛驴的那株野桃。好劲的风呀，桃树骤然黑瘦，活活的流水里花瓣混合了已浸润开来的血团，如霞云行天，小匪为从未见过的奇艳发呆，听了天鉴的问话，呸呸嘴里的飞沙，突然跪下来，一脸严肃庄重了：“老爷，你行的！怎么不行呢，谁敢怀疑你不是知县呢?!”

天鉴看着跪倒在脚下的同伙，那一声“老爷”，陡然振作了人生的尊严，头一点动，像两把铁铲似的帽翅闪忽起来，顿时感到整个身子都要往上升，哎呀，天鉴几乎要长啸起来了，这官服在身真的从此就是老爷了吗？河的上游，那莽莽苍苍的山峦之中真的有一个竺阳城，百姓引颈翘望的新一任的知县老爷就是了我吗？天鉴抓起一把沙来，开始搓褪着手上凝滞的血斑，看着小匪，俊白的还带着稚气的脸面是布满了真诚，但头顶的太阳还红，河对岸的狼还在坐着，沉沉的河面上虽恢复了平静，没有了那主仆二人的尸体，唯一截断残的芦苇很高地跌了一下，倏乎消失，而咬噬过了那崖根的水波把吐出的沫泡一层一层涌到这边沙滩来了，直到脚下。天鉴用脚去踩踏，沫泡遂即破灭，没有叽叽声响，却无声无息的空寂，不知怎么，那一层无名状的疚痛又一次掠上心头了。这样的疚痛天鉴是从来没有过的，落草为寇，呼啸山林，杀过多少人，甚至砍滚脑袋了还撬开嘴巴要敲下一颗嵌了金的牙，天鉴吃饭睡觉依然心平气和，而现在却觉得自己实在对不起了这份冠履的主人。天鉴的目光渐渐地褪了色彩，还是摘下来扎得头皮发麻的硬壳帽子，把鬓发已挽得紧紧的那个角儿又解散了。

“大哥，”俊脸的小匪叹着气，“你真的不去了？”

天鉴摇着头，脱下官服，缠了原本的素常包中，将散在地上的碎银一把一把往怀里装，说：“兄弟，你搬那一块石板过来，蘸血写上‘天鉴杀了竺阳令！’免得竺阳百姓苦等。”

小匪没有动，天鉴就去搬那石板，后襟恰挂在一桩毛柳根茬上，他搬了石板要走，走不动。“兄弟，是屈死鬼要作祟了！呸呸，天鉴是不该杀你的，可你为何要是县令呢？天鉴拿这些银子是要给你刻个木身造座坟的，你还不饶吗？兄弟，你也唾一口吧，朝天唾唾，这死鬼就不纠缠了！”一用劲，嗤啦一声，半个后襟留在毛柳根茬上，天鉴连人带石板窝在浅水沙里。

“大哥……”小匪又一次叹气了。

天鉴回过头来，已发现了挂着破布的毛柳根茬，却还是说：“真是死鬼作祟哩，你瞧瞧那狼还在卧着，这恶物一定鬼魂附体了，它什么都看见了，什么都知道的。”

这里一条向西倒流的河，当他们得手的时候，一举头就发现了河的对岸有了一只狼。狼毛纯白，一动不动地朝这边看着。天鉴担心狼会泅了水扑过来，提了板刀准备着，但狼没有过来。而他们大声呐喊，甩石头掷打过去，狼并未惧怕离去。隔着一条河，两厢无碍，小匪已经忘却狼的存在了，听了天鉴的提起，他也懒得去看，只想要给天鉴说话。

小匪说：“大哥，人骂咱是土匪强盗，你也觉得做那官人不配吗？”

天鉴说：“不是。”

小匪说：“大哥，你是觉得咱野惯了的人不会治理吗？”

天鉴说：“不是。”

小匪说：“大哥，你这也不是那也不是，官服已经穿上了，为什么就不去做呢？为匪为盗快活是快活，可哪里有人的光明正大？咱是杀了那一主一仆，杀了人为的是从此不再杀人，咱改邪归正也不行吗?!”

天鉴的后背明显地痉挛了，要拧过头来，却没有拧过来，还是盯着河对岸的那只狼。小匪终于垂下眼皮，目光落在了插在沙中的那柄板刀，刀上的血并没有凝固，有一注正沿了刃口粘腻腻如蚰蚓往下蠕移，他的目中已有两颗泪珠出来了。

小匪说：“我知道了，大哥！你是担心这件事有一日会败露吗?!”

天鉴回过身来，盯住了小匪。

小匪说：“兄弟比你年幼，知人阅世不多，可兄弟知道在这个尘世上唯有当官才能活出你想活的人来！大哥有这个能耐，大哥就应该去，今天这宗事天地知道天地不言，鬼魂狰狞鬼魂说不了人语，说话的只有你我，你到了县衙只要不醉酒，没有可担心的，兄弟这一条命十五岁起被你捡起，虽然有口，也会给你守口如瓶，保你成功的!”说毕，一把抓了板刀，就那么跪着，猛地把颈抹了。

天鉴急扑过来，一颗头已咕噜噜滚在沙窝，那半截身子还在跪着。沙滩上，如木如石，一句话也说不出来了。今日的中午，当他们躲在草丛里眼看着太阳已经老高，还没有一个行人经过，两人就烦得大骂起来，发狠今日要是得手，一定要到山下的镇上啃他一个熟猪头，喝个烂醉，睡一大觉起来了再往州城的局子中去，这个兄弟，甚至还提到去烟花楼，要补偿这半日的难熬罪过。偏这时，猎物出现了，一看见毛驴后的人挑了沉甸甸的担子，兄弟就跳将出去，横刀断路。谁能想到来的竟是竺阳县令，且晃了官帽以势震吓，痛骂土匪强盗胆大妄为。不晃那官帽还罢，晃了官帽两人心里都陡地闪动了。兄弟笑道："大哥，这县令好威风，咱抢他干甚？竺阳县是新设的边远小县，你何不充了他走马上任?!"原本是不杀人的，得些财物便了，既然如此，就立逼着县令道出名姓年龄，籍贯身世，一刀杀戮了。而到了现在，兄弟也死了，多么好的兄弟！十五岁与他天鉴同伙，逛野山，入荒林，风高月黑，打家劫舍，身手捷快的兄弟就从此再没有了吗？人局中呼红叫绿的赌掷的兄弟呢，串巢窝，闯勾栏，插科打诨的兄弟呢，天鉴要做官，才一要做就得死了那主仆二人还要死一个兄弟吗？

但天鉴，到了这步田地，不得不坚定着自己，去做官了。

天鉴站起来，再一次穿上了官服，宽大而沉重的绣着团龙的长衣，使他只能耸了肩，竭力把身子挺直，同时感觉到胳膊和腿僵硬麻木，脑子也疑疑惑惑：从此就是官人吗，从此踏上仕途这又会是怎样的一条路呢？天鉴突然膝盖发软，一下子坐在了沙滩上，坐下来，一切都安静了，他轻轻地捧起了只有个头颅的兄弟，兄弟的眼睛还在睁着看他。天鉴用手淋水，轻轻地洗起头颅上的血迹，一粒一粒掏净着头颅的口里鼻里耳里的沙子，当他把干干净净的头颅和那截身子放进河里的时候，他看见河的对岸，那只毛色纯白的狼站起来，慢慢地走了。

“兄弟，兄弟……”

天鉴抓起板刀，重重地抛进河中去了，他在沙滩上磕下了三个响头，一个响头给他忠诚的兄弟，两个给了那一主一仆。遂后，一步步走近野桃树，解下了毛驴的缰绳，同时也折下了一根桃枝，桃枝可以驱赶邪气，他挥舞着，也驱赶着心里的卑微和胆怯。

离开了白沙黑石的西流河滩，天鉴真正是新上任的竺阳令了。翌日午时到了城南十里，早有县丞、观察、吏目、巡检及一帮地方绅豪在那里等候了三日，当下官轿接了，前面是“肃静”“回避”两面宣牌，两边是数十人齐摇铃柝，日落云生，入了城门，进了衙内，接连是三天三夜宴席、揖拜，和络绎不绝的送礼恭贺。天鉴想，这套官服在身，果然没人敢怀疑我的来路，一颗惶恐之心安妥，手也有地方放了，脚也有地方放了，便将塞满了一个小屋的老酒陈醋，丝绸布帛，古董字画以及山货土产一尽儿赏了衙内大小公干，赢得上下叫好，一片欢呼。

一日，天鉴起得特早。天鉴是没有贪睡的习惯的。知县的卧床是棕丝编织，天鉴睡得腰疼，尤其那团花枕头枕着太热，第三日就捡了一块砖来享用，眼里才褪了红丝。街上的巡更敲了第四遍木梆，他便醒了，醒来迷糊中以为还在山神庙的香案下，伸脚就蹬他的兄弟，蹬空了，方清白事体，无声地笑了。环顾着偌大房间，明了那一块泛着白光的方块是纸糊的窗户，却又觉得那是卧着的白狼的模样，立即翻身坐起，点了灯檠，看着挂在胸前的桃木棒槌将心慢慢静定。这样的幻觉，天鉴已有几次了，总感到那只白狼在看着他，他只有将那根桃枝削成小小的棒槌戴在衣内的胸前，甚或在衙堂上也时不时按按胸衣。正是这种幻觉的产生，天鉴越发不敢贪睡，披衣起来看公文典章。弃邪了归正，有心立身立德，作一番政绩，熟悉官场事务，掌握仕途行情成了他火急火燎之事，但天鉴字识得不多，看那些公文典章不到一个时辰就要分神，视满纸上蚂蚁爬动，骂一声娘的，便独自踅出后院，走到衙门口外去了。

竺阳城实在不能算城，没有护城河沟，也没有城门箭楼，一圈灌了米浆版筑而起的土墙围了，便是城里城外之分，四面是山的一个瓮底所在，仅一条横着的瘦街，那日坐轿进来，街道恰恰通过轿子，欢迎的百姓全挤在了木板门面房的石条台阶上，或者门道窗口。最使天鉴不解的是城区竟在南山坡根，县衙大门端戳而出，两边砌了低矮土墙，一溜斜坡直到西流河边，使街道莫明其妙地拐一个“几”字。天下衙门朝南开，竺阳衙门却朝北开，怪不得第一任知县不到期限患一身癞疮走了，第二任竟是他天鉴轻而易举到来，天鉴一面感叹着奇异，一面却也庆幸不已了。

天鉴站在衙门口，那门前的慢坡高出整个街面，就一眼远眺到街的东西尽头了。此时街上的雾已经弥漫，能看得见从东头的那座石拱的小桥上灰白色的东西如潮头一般卷过来，立时整个街房就下半截虚无缥缈，如天上仙阁。那雾还在涌，天鉴就在雾里了，他响响地打个喷嚏，看不见了前边三只两只游动的走狗。这雾是哪儿来的呢，是西流河上生发的，还是城后鬼子谷生发了从小拱桥下的暗洞来的？反正天鉴上任了十天，十天里天天在黎明时起雾，雾要笼罩一个白天。天鉴问过那个跛腿的衙役，衙役说："这雾好哩。"怎么个好法？衙役说："老爷您一上任，竺阳人丁要旺哩！"说完倒有些脸红。再问，才知道这一带百姓有一种惯有的见识，每有浓雾整日不散，或是雨水连绵，便认作是天地发生恋情交合了，这个时候，活人就效仿天地，性欲发作，房事频繁，要借了天地选择的吉日生孕传宗接代的儿女来。天鉴听罢就笑了，笑过之后却长长一声浩叹。在这大雾弥漫的天日里，竺阳县的人都淫浸于情爱之中，而一个堂堂的知事老爷，却光身一人在那偌大的房间冷清了。天鉴当然不能说他没有家小，他以盐希运的名分到了竺阳，在江南的那个水乡里，仍是有一个新婚不久的娇妻的，天鉴也就在那一日中午书了一封告诉已到任的家信，并亲手交给跛腿衙役让他送邮差捎回故里。那跛腿衙役还说了一句：“老爷也想妇人了！”

天鉴看了一阵，雾浓得扯不开，不禁百无聊赖，要待回转，忽隐隐听得有人说话，到后声音就在近旁，是一个男人在叫：“王娘，你能走得快些吗？”有女人就说：“走不快的，脚缠得这么小，你又不肯牵了驴子坐。”男的说：“我哪里有驴子？有驴子就能换个老婆的，也不会求着你了。”女的说：“那你背着我。”男的不言语了，有几步脚响，复又脚步响过去，说：“这使不得的。”女的就咯咯笑：“我知道你不敢的！”天鉴想，这是一对什么人，头明搭早地在这里说浪话，莫非天雾之日，不三不四的男女淫情泛滥，在夜晚野合了趁天未亮偷回不成？拿眼就往街上看，看不见人影在哪里，一低头，恰三步之外，那东边颓败矮墙的残缺处，探着了一张明艳的粉脸。天鉴冷了一怔，身子不觉地摇晃了。在天鉴的感觉里，这女人是从矮墙那边行走，稍不经意地在残缺处一探头，看见了他，也看见了他在看见了她，必是一脸羞赧忙缩了头去急跑的，但天鉴再一次看时，女人竟没有缩头，倒吟吟地冲他一个笑了。

天鉴生长这般大，没有接待过一个女人，落草为寇的岁月里，他最企盼着有一日在荒山野岭里遇见一个女人，但一次掀翻了一顶小轿，满以为可以掠得金银财宝，一提那一团丝绸，里边竟滚出一个粉黛来。那粉黛并没有吓得昏死，也没有破口大骂，只是两只杏眼光光地盯着天鉴，天鉴就无措了，他不知怎么受不了那眼光，抽身就跑，连到手的财物也全丢脱。俊脸的兄弟那时就戏谑过他："大哥究竟是要招安的！"

现在的天鉴不是招安，主动入了官场，是赫赫的一县知事了，见女人不免还是发窘，天鉴咳嗽了一下，稳了心，第一回盯住了女人了。

天鉴说："你……"

天鉴没说下去。该怎么说呢？说：那荒草地里的露水打湿了鞋吗，也打湿了裤带吗？光油油的头是在城外抹了唾沫重梳的吧，还插了一朵花儿，雾这么大还要给谁看呢，又是随手扯了哪家篱笆上的蔷薇呢？这些天鉴说不出口，但在天鉴的眼里，竺阳县的风俗当然不能说不对要禁止，而天雾天雨之日是夫妇做爱良日，难道也允许无序淫乱吗？知县的职权第一便是教化百姓，宣朝廷之德化以移风易俗，孝子节妇当以表彰，伤风败俗则要革面洗心啊！可女人却说："你是知县老爷吗？"

一句话倒将天鉴噎住了，傻眼看着女人双手攀了残缺处要让身子更高出些，土墙太糟，攀了几攀没攀上来。

女人说："你就是知县老爷！那日进城我看见过你的，有一个火绳扔到你身上，吓了你一跳的，那就是我，我认识你了！"

是有这么回事。天鉴的轿才进城，正好是山的窄道，没有房舍，百姓一层一层挤坐在山坡的塄坎上看热闹，天鉴揭了轿帘往上一瞧，瞧着的全是脚，就觉得这城不像个城，而这里的百姓令他喜爱了。刚到了有门面房的街口，一个女的在人窝里挤，挤出来了，一手举了大红炮竹在半空，一手提了火绳往捻子上点，身子就后仰如弓，浑身颤颤地几次点不着，好容易点燃了，四旁人喊：往天上甩！女的甩出去的竟是火绳，火绳落在知县老爷的身上，炮竹在女的手里爆响了。如果这女人真是放炮竹的女的，天鉴心里生了可怜，但是，一个妇道人家，既然知道面前的是知县老爷，敢这么露脸儿直问，天鉴倒觉得深山野沟的竺阳女子不如山外女人有礼教的。

“你认不得我了？”女人见天鉴没有反应，似乎有些失望。“老爷怎么还能记得我呢？”又一阵脚步声，那男人的声音又在问了：“王娘，你在和谁说话？”女人侧头招手道：“快来，快来，是知县老爷！”残缺口果然冒出一个光脑袋，一瞧见天鉴，扑咚一下便没有了。女人说：“隔着墙，你给老爷磕头还是给墙根磕头？！”就咯咯爆笑。

天鉴说：“放肆！”

笑声禁了，男人和女人的头都瓷在残缺口。这是两个美丑分明的头脸，女人怎么就钟情于这样的男人呢？天鉴唬了脸问道：“你们是什么人，一男一女夜不归宿干什么去了！”

“回禀老爷，”男人再跪下去，跪下去了看不见老爷复又站起，“我们不是强盗偷贼，雾这么大的，也不敢有苟且之事。小民叫疙瘩，这女子叫王娘，以前只是认识并未往来，今日是老娘过世三年忌日，我对不起老娘，一直穷得没能娶下老婆，为了让老娘在天之灵安妥，也为了过三年忌日像个祭奠的样子，我十个铜板请了王娘来装扮我的老婆去家哭灵，没想就遇着老爷了。”

天鉴问女人：“真有这事？”

女人说：“可不，我什么都干过，替人哭灵还是第一回的。”女人手举起来，果然拿着一套孝衣孝帽，再说：“不是人家老婆却去装扮老婆，老爷要看我不是良家妇女了！”

天鉴在寒雾里几乎要叫起来了，他震惊在这么个地方竟会有这么个孝子，而这样的孝子却苦于贫穷娶不下个老婆，作为一县之长应该面无颜色，可他天鉴，倒想到的是苟且之事！天鉴点检自己，明白了如此能错怪了这男女，全是雾天雾地的天日里他内心深处的一种妒意的结果。于是脸上活泛开来，放柔了声音对女人说：“你被请去哭灵，昨日晚上就应该去哭一场的。”女人说：“我当然哭过了，可我总不是他的老婆，哭罢了就睡在他的炕上吗？”天鉴说：“今早要去，既是哭灵，就不要嘻嘻哈哈，搽脂抹粉的像个哭灵的吗？”女人说：“知县老爷还管这些？我哪里搽脂抹粉了？！”男人说：“回禀老爷，王娘天生的这好颜色。”天鉴叫道：活该的天生丽质！但这叫声没出口，长长地吁气了：“你能替人哭灵是好，可怎么就肯为人去做替身哭灵呢?”女人说：“不瞒老爷，我卖笑也卖哭，只要谁肯出钱呀!”天鉴问道：“你是谁家女子或是谁家妇人，为何干这些营生?”女人说：“我谁家的也不是，不卖笑卖哭，竺阳城就不让我进了！说出来老爷和这位疙瘩相公不要骂我，我在灵堂上哭得伤心，一是同情疙瘩相公，也要对得起十个铜板；二便是借了他家的灵堂哭我的恓惶，谁让我是下河人呢?!”天鉴不解了：“下河人?”男人说：“回禀老爷，老爷才来乍到自然不知晓个中原因，情况是这样的……”男人粗粗讲了一遍，天鉴才知道下河人是指从湖南方向逃难来的客户，这些客户很多，与土著人闹不到一处，竺阳划为县后，双方矛盾尤为尖锐，闹出许多械斗伤亡事故，首任知县当然维护土著人利益，也视下河人野蛮粗横，非贼即盗，就说了：凡下河人不得在平川、城镇落籍居住。男人就劝女人道：“王娘你不要忌恨城里人，这是前老爷说过的。”天鉴听罢，骂了一句：“胡说!”男人赶忙没了身子又跪下去，在墙根那边说：“小人是胡说!”女人拿眼看着天鉴，手在下边拉男人：“老爷不是说你胡说。”天鉴当然不是骂这男人胡说，可在这男女面前能说是在骂前任知县在胡说吗?天鉴也意识到了刚才自己是怎样的一脸凶恶，万不该在平民百姓面前粗声叫骂，但他无法控制久已养成的随意脾性，便看了看面前的女人，扭身要走了。

已经走回了三步，女人却又在说：“老爷，你姓盐吗?”天鉴姓韩，冒替的是姓盐的知县，天鉴当然现在是盐知县了。女人又是一句：“你真是盐老爷吗?”天鉴心里咯噔了，莫非这女人瞧着他刚才的凶恶，看出破绽来了？立定脚跟回视着。女人说：“人人都在传说省巡抚大人夜里做梦，梦见皇帝驾到时大厅的西南角塌下来，正在发急，忽被一盐包抵住，醒来思想西南角正是竺阳方向，就四下寻找姓盐的人去任县令。老爷这可是真的?”天鉴第一次听说这事，原来自己来历不凡，既然民间如此传说，可真是要好好干一番政绩出来。但是，自己哪里就是姓盐的呢，天鉴没有回说是与不是，嘿嘿一个发笑，转身进了衙门，听见那女人还在说：“老爷，老爷……”男人说：“王娘尖舌利嘴，你还要说什么呀?”女人说：“老爷了不得的，我以为老爷年纪多大的，今日看得清，老爷好年轻，还没个长胡子……”话突然没有，遂听见男人说：“你咬我的手?!”

天鉴回坐在衙里，自然又是接受了几户富裕人家送来的米酒、麝香、蜂蜜，天鉴就吩咐门禁，任何人再来恭贺一律拒不入内，到任十数天了，哪有没完没了恭贺的?“他真有钱，落下名来，我……”天鉴对着跛脚的衙役说了一半，挥挥手不说了，天鉴想，当年需要钱财的时候谁肯给我送过？今日这般轮番送礼，这么有钱的，哪一夜里我天鉴去显显手段，看你还来送不送?！天鉴想到得意处，身子一跌，双脚飘然落在高高的台阶之上，只惊得跛腿衙役直吐舌头。于是，一般公干小人都以为老爷进士出身，又是巡抚大人荐举擢用，堂堂正正的官人，哪里像前任老爷捐纳保官，来竺阳做官生意赚钱的。每每见天鉴与县丞、巡检、观察在衙内后花园的石桌上吃茶，便都垂手远远立着。第一遍茶有土味，通常就地泼了冲饮第二遍的，天鉴就招手衙役来喝，衙役没有不受宠若惊飞快跑来的。县丞、巡检、观察就训斥衙役，接老爷赏茶为什么走没走相？衣衫不整又成何体统？天鉴却说他见不得斯斯文文人，还要问问他们所知的竺阳各村社的事情，末了便对同僚说："你们听听！"

衙役不知道大人物在议论何事，喝了茶，回了话，就回避到一旁，天鉴又和县丞他们论说起来。天鉴已经好几次在提说关于下河人不得入川进城落户安居之事，便有意要加以废除，县丞、巡检都摇头了，认为土著人和下河人矛盾由来已久，竺阳县虽是新设小县，但与别的县情形不同，地方要冲，事务繁重，民情疲玩，若分县为简缺、中缺、要缺、最要缺四等，竺阳县则是最要缺，要不老爷养廉银为一千六百两，比别的县多了五百两？竺阳县内的下河人多是逃犯和赤贫难民，又极结伙抱团，生性强悍，坏了许多世风。既然前任知县有了禁令，要更改不太好吧。天鉴似觉为难起来，脑子里却总闪现王娘的影子。下河人民性刁野，或许是这样，王娘不就比一般女子大胆吗？但之所以如此，也是环境所致。一个如花似玉的明艳女子，应该是足不出屋的富贵雌儿，金屋要藏的娇，而落到卖笑卖哭，天鉴岂能不同情？天鉴也是匪盗出身，是他天鉴天生就要杀人越货吗？他申述他的道理：如果竺阳县的深山老林里没有这些下河人也就罢了，既然有，硬是不让他们到川道城镇，与土著人的矛盾就消除了吗？深山老林环境险恶，他们要活下去，必然拦路抢劫或干别的事体，与土著人矛盾只能加深，社会就越发不得安宁。况且竺阳之境，土著人如此稀少，又都近亲结婚，随处可见痴傻侏儒，禁止与下河通婚，久而久之，土著人就别想开荒垦田了。竺阳县现在不是禁令所能治好人，而是要大量移民。这些下河人被赶到深山老林，他们能生活在那里，没有勤劳是难以活命的，可见并不都是游手好闲的痞子，譬如那个替人哭丧的……天鉴说到这里，瞧见县丞、巡检、观察的脸上都惊讶起来，就不说了。

巡检说："大人见到那王娘了？"

天鉴说："那日在衙门口听见哭声，感叹这般伤情的，问时，衙役说那不是真老婆，是雇来哭灵的。"

巡检说："我还以为老爷才到没几天，那没皮没脸的娘儿们倒来寻老爷了!”

话说得难听，县丞便扯巡检的衣襟。天鉴看见了，不作理会，依然笑着说：“她怎个没皮没脸了?”

巡检说：“不是人家的老婆倒以老婆的名分去哭灵，这合妇道吗？竺阳如果是州城，这娘儿们少不得是烟花楼上的。”

天鉴说；“那家男子人穷娶不下老婆，雇人哭灵这是孝举，王娘能顾及孝子有什么错呢?”

县丞说：“没错没错，那娘儿们长得体面，这么干只让人可惜的。”

天鉴说：“那还不是禁令害的?!”

巡检只低了头玩口袋掏出的那枚铜钱，听了天鉴的话，又不能发作，拧脖子看天，说：“连个鸟儿都没有?”花园左边的丁香树上一只野鸽子落下了，说：“咕咕!”巡检一扬手掷钱过去，没有打中，野鸽子也没惊着。

县丞遂看天鉴的脸色，天鉴站起来了，天鉴又坐下，开始笑。

县丞说：“今日天气真热……要下雨了，‘咕咕鸟’也飞来了。”

天鉴说：“是吗，‘咕咕鸟’叫得实在心烦!”一投手，茶盅飞向丁香树，野鸽子悄无声息就掉下来，然后叭地一声，茶盅在树后的园墙上碎了。

巡检惊得张大了嘴，随之面红如炭，鼻梁上已有汗珠沁出了。县丞说：“今日天是热，巡检大人，咱都把袍子解开，知县大人不会怪咱们不懂规矩的。”天鉴说：“哪里话！”自个先将袍子脱了，露出胸前挂着的桃木小棒槌。

县丞说：“大人还佩戴这个，是夫人做的吗？”

天鉴说：“是师父送的。我早年跟师父学武艺，未学成，师父说你去读书吧！又怕我读书不上进，送了这桃木小棒槌，要让我记住习武不成的教训。”

县丞说：“大人这般好手段还说习武不成？活该竺阳县兴旺，逢着文武双全的知县了！大人提到的要废禁令一事，目光看得远大，我是拥护的，巡检大人如何呢？”巡检说：“那就废吧。”天鉴便说：“你们都有这个意思，那我就颁布告了。”遂通知下人备一桌饭菜，招待一干人物在衙中吃喝，特别叮嘱炖一碗野鸽子肉来下酒。这顿酒，县丞、巡检没有喝醉，天鉴竟先玉山倾倒，被跛脚的衙役背回卧房烂醉如泥了。

这一醉，天鉴第二日才醒来。醒来见跛腿衙役正在床前打扫吐出的污秽，一把拉了衙役手，问酒醉之后他说了些什么？衙役回禀老爷是哭了几声，哭过了又是笑，并没有话说出来。天鉴一颗心放下来，大觉忘了兄弟的忠告，不该醉酒，就把恭贺送来的一件系着玉坠儿的竹扇赏了衙役，说：“以后老爷再要喝酒只是三杯，第四杯了，你就在旁用眼睛瞪我。”衙役说：“小人不敢。”天鉴说：“让你瞪你就瞪，老爷是来治理竺阳的，不是来醉酒的。”衙役说：“那何必呢，前任老爷也常是醉的。”天鉴叹了一口气，说：“我怎么能和别人比呢？我虽是老爷，可你比我年长，信得过你才对你说这话，你却不肯。”衙役当下跪了，感动得流下泪来，自此忠心不渝。

天鉴果然以后绝少饮酒，废止禁令之后，便骑了那头驴子，带三五衙役走村过寨，查勘县情。竺阳县六山一水三分田，但田地大半为旱，天鉴就思谋修建一条贯通平川道的大水渠。有此意向，征询各村寨地方，无不欢心雀跃，担心的却是平川道地多人少，且一家一户分散，无法在一两年内修通，且县衙能拨出大批银款吗？天鉴回到衙内，着人盘点县衙库存，根本拿不出多少钱来，而没有钱哪里招募一批苦工？天鉴夜里心烦又拿酒喝，喝到第四杯，伺候在旁的跛腿衙役拿眼瞪他，他便不喝了。衙役说：“老爷实在想喝，为何不喝喝茶呢？老爷若能喝王娘店的茶，老爷就不会再馋酒了！”天鉴说：“王娘，是那个替人哭灵的王娘吗？”衙役说：“可不就是那个下河人王娘！废了禁令，她买了东石桥左边的一间两层楼的门面开了茶店。我去招呼一声，让她拿了香茶来给老爷沏一壶尝尝。”天鉴脑子里便浮现那一日雾晨的一幕，想王娘果真能干，才多时的就开了茶店营生，且茶的声名也扬出来了！看着跛腿衙役就要出门，突然叫道："有了！有了！"衙役说："我还没有去的，老爷哪里就有香茶了？"天鉴说："王娘是下河人，可下河人不一定都像王娘那样就有营生干的，平川道地多人少，为何不按地亩多少抽了，无劳力者可以割地作修渠资金，那就让下河人去修嘛！下河人有的是劳力，凡修渠的可得割出的地，有地便可安居，岂不一举两得？！"衙役说："老爷到底是老爷！我这就去唤了王娘，老爷好好喝一场。"天鉴说："老爷没了愁闷，还喝什么呀？！"一时得意起来，对衙役讲几年之内，竺阳百姓就各有其田，田又旱涝保收，便可男耕女织，太平盛世了。

"你说说，"天鉴说，"进士出身的老爷行吗？"

衙役说："老爷能做出惊天动地的事业！"

天鉴说："老爷要不是进士出身呢？"

衙役说："这……"

"这不行？"天鉴说，"不！能成大事业难道就只有科举出身的进士吗，落草为寇而弃邪归正了的人一样会建立功业！"

衙役莫明其妙地木呆了。

天鉴说："老爷我是进士吧，更应建功立业心才安然的。"

但是，天鉴没有想到，他在为下河人废除了禁令，下河人却给他制造了种种麻烦。从深山老林到西流河两岸的平川道里，下来早的积极开垦河滩石窝地和挂坡田，下来迟的无田可耕，就于城镇设摊摆点，贩毛竹、土漆、药材、寿板，更有大量人流浪县城，每日皆发生了蒙骗拐卖以及偷盗抢劫事件。这些事原本巡检负责，但巡检却每日只将所发生的案件呈报天鉴，天鉴知其故意推诿，给他废除禁令以难堪，气得在堂上骂道："这样的事做巡检的不管，竺阳县就用不着设巡检署！当年在……"天鉴要说的当然是当年在山林闯荡，合伙的人谁敢不齐心，一个巴掌便扇走了，但天鉴头晕脑涨，眼前又出现了白毛狼的团光，天鉴说不出来，只咻咻出气。县丞不知下文，忙喝退了左右下人，悄声说："大人可不敢这般说，你虽是知县，谁都可以提升免降，而巡检是不能得罪的。"天鉴说："我奈何不了，我可以上报州府罢黜他！"县丞说："大人不知，前任知事为甚任期不满就走了，明里是他有病，但与巡检合不来也是原因，巡检是知府夫人的表弟。"天鉴无言以对，县丞又说："大人正直实在不易，可大人为官多年你也是知道的，官场就是这样。"天鉴看着县丞，直使那一双小而漆黑的眼睛不敢与他对视了，天鉴突然冷笑起来："这就是官场？"一扭头，将一口浓痰呸地吐出，直穿过桌子上空，飞溅到大堂的红漆木柱上。县丞愣了一愣，忙过去脱了鞋，用鞋底擦了，说："大人，我知道你为了县事生气，你不拘小节在别的地方没事，在这小县，衙里一班公干都是势利嚣浮之徒，让他们看见了就在外胡言乱语，不服帖起来的。"天鉴说声

“毬”，但脸却红了，不自觉伸在椅子上的一只光脚就放下去塞进鞋壳里了。

自此，天鉴就注意起自己的衣着行头，每日洗脸漱口，衣帽穿戴得整整齐齐，夫人没在，又无双亲，饭辰即使是糙米捞饭加一碗白菜豆腐汤，也要坐在那四方桌上用膳，尽量细嚼慢咽，不弄出些响声来。衙里衙外一班公干见知事庄重严肃，也不敢随便懈怠，天鉴便信服县丞老家伙是个油子，大凡一般出门应酬一事都要请教一番，但是，县丞几次暗示他去看看托病在家的巡检，天鉴不去，推不过了，骑驴子去走动一回，巡检家是县城的大户，后背街的一条巷子全是他家字号，看望完毕出来，天鉴只觉得自己瘦，毛驴也瘦。想，一顿饭，端菜上桌的就十个丫鬟，席间那老太太过目一份收租清单，说西王寨某家怎么少交两担谷子，发话让去清查，厅外侍立的家丁竟应声如雷，少则也是七个八个的。巡检家这等威风，倒胜过县衙了！哼，我要是不当这个官，你巡检家的金条今晚就没了！巡检在招待天鉴的时候，用的是客厅里的一面嵌包了玉石的八仙大桌，那玉石并不甚大，但挪动时两个粗笨的丫鬟竟未能抬起，天鉴立即知道这桌子里的机关了：玉石下边必凿了槽子，藏匿了金条的。走在街上，当然有人就认出知县老爷，胆小的赶忙要跑进门面里去，跑进去了又隔了门道和窗缝往出瞧着，胆壮的便立定，给老爷笑，笑很长时间，直候到他的驴子扑嗒扑嗒擦身而过，或是拦道跪倒在驴前头，呼声“给老爷请安了”！天鉴只是拂拂手往前踅行，便见一人箭一般从横巷蹿出，后边紧追的又是一女人，逃跑的人蓬头垢面，因被追得急了，一只鞋已经没有，双手却捂着一个馒头吞咬，险些撞在驴头，就站住了，转身面对追来的人，一口唾沫吐在馒头上。追赶的女人也就止步，骂道：“你这强盗不得好死！上山砍柴你滚个血头羊，下河挑水你溺长江，挨砍刀的，得传症的，生娃娃没个屁眼！”天鉴在驴背上喝道：“哪里泼妇，骂得这么难听?!”那男女这才发现驴背上坐的什么人，女人就跪下了，说：“禀告老爷，他是强盗，我才买了一个馒头，还未吃上一口，就被他抢去了，这些下河人满城都是，东关化觉寺门口舍饭棚涌了几百号的，个个不是贼就是盗！”天鉴说：“这些我知道了。好了，这个馒头老爷断定让他吃吧，一个铜子够价吗?”从怀里摸出一枚硬的丢过去，对那男的说：“这馒头属于你的了，吃吧。”男的狼吞虎咽，直吃得梗脖儿，吃完了，睁着白多黑少的眼珠子看天鉴。天鉴说，“饱了吗?”男的说：“没饱。”天鉴说：“跟我来吧。”骑了驴子就走，拿眼看街两旁的铺子，就于一家店门口下得驴来，先看了看门板上红亮亮一副对联没有写字，却只用碗按在纸上画得的十四个圆圈，笑笑，喊道：“掌柜的，有馒头拿出五个来吃！”

这是一间门面并不大的店铺，四张桌上有五个人正在用饭，见知县进来，慌忙抹了嘴就出去了，街上的人却围在台阶下往里看稀罕，正厅间有个偏门到后院，后院有一等人横七竖八地在草铺上闷睡，瞧见街上人往店里探头，也好奇从偏门往厅间看，天鉴不理会这些，见掌柜还没踪影，又叫了一声：“掌柜的，怎不快些拿出馒头来！”柜台里的帘子闪动，便有女人一边在头上挽头发出来，一边不耐烦地说：“谁呀谁呀，紧天火爆的，馒头总得蒸得熟呀！要吃五个，什么样的大肚汉？”一举头，却呀地尖叫了，手一松，挽成团饼状的乌发瀑布一般泻在后背：“天呀，河水往西流，太阳也从西边出，知县老爷要吃我的饭了！”

天鉴看时，女人竟是雾晨里见过的王娘，浑身有些不自在了，起身要走，又觉不妥，正在尴尬处，女人已侧身揖手问安了。咫尺之间，尤物一腿微屈，一腿提起，弓弓窄窄的一只小脚恰恰点地，将印花围裙系着的一件桃红旗袍裹弄得了美美妙妙的弯曲。王娘说：“老爷能到小店来，王娘的脸有盆子大了！”

天鉴听跛腿的衙役说，王娘开的是香茶店，现在却卖起饭菜来了？就说：“王娘在这店里打工了？”

王娘说：“王娘现在还打什么工?！亏得老爷废了禁令，我买了这一间两层的门面，先是卖茶，茶又不赚钱的，便兼着又卖饭又洗浆衣服了。活路多是多，店里收拾不过来，地方肮脏辱没老爷哩!”

天鉴倒高兴起来，遂问这门面房买价多少，下河人能这样办饭店客栈的有多少？王娘一一作答，从街东头到西头，说了店的字号也说了店家名姓，连谁家有一只狗三只鸡，鸡公鸡母都清清楚楚。突然叫道：“只图说话，馒头也忘取了，老爷在衙里吃人参燕窝，倒要尝尝百姓家的馒头，换个口味吗?”

天鉴说：“不是我吃，给他吃。”

待吃者给王娘嗤嗤啦啦笑。

王娘疑惑了：“这二流子给下河人好丢了脸面！前几日在这里白吃了一天，我让他没事干了，进山砍柴来卖，他砍是砍了，卖也是卖了，几个钱在身上就要喝酒，喝得半死不活趴在门外台阶上醉卧一晚一早，还是我用杆杖打醒来的。”说着就扯那人裤子，一扯露出一个透肉的破洞。“咝咝，有那一串钱置一条裤子也够了，可他只是灌黄汤，灌不死！这馒头还给他吃?”

天鉴说：“让他吃吧，吃死了拉倒，吃不死我让他去砍柴，一天一趟，攒了钱买田置房安顿个家业，若我再在城里碰着喝酒抢人，我就把他下到牢里去死!”

待吃者浑身哆嗦起来，王娘按了他的头说：“还不谢老爷!”头在地上响了三下，王娘将五个馒头全塞给他了。王娘说，“老爷既然不吃饭，喝口淡茶吧。”便拿手巾拂桌面，返身进内双手捧一碗酽茶过来。天鉴接过茶碗，却看见窗外一只小小的飞虫落在了女人发髻的梳子上。女人刚才是乌云扑散，什么时候却又盘在头顶，插着了这一把镀绿的木梳呢？

天鉴品一口茶，味道自好，看女人时，那梳子上的飞虫翅已闭合，是小小的瓢虫，一个红色的上有七粒黑点的半圆硬壳。天鉴觉得这飞虫落的是地方，发上不落，衣上不落，偏在木梳上，装扮的是绿叶上的一朵妖妖的花了。

这么思想，一时心旌摇荡，似觉迷迷糊糊如在梦境。天鉴的经验里，他见过许多女人，有丑的也有美的，但这般明艳女人还是第一回。王娘是什么原因而有了这明艳的感觉呢？偏这时，瓢虫又起飞了，小翅闪得极快，在空中盘旋了三个圈子如一个幻影，竟最后站在天鉴的鼻尖上了。一时间天鉴通身酥麻，他想伸出舌头舔了它来，但没有动，王娘却咯咯咯地甜笑了。

这一笑，天鉴的感觉里，后偏门的人和前门口的人都无声地微笑了，猛然冷静，知道了自己的身份，就掩饰窘态地咳嗽一声，那瓢虫竟抖掉进了茶碗，忙用手去救，瓢虫已烫死了。

天鉴暗暗叹息了。王娘重换了茶碗，天鉴没有喝下去，看着已吃下三个馒头的那汉子，说这是哪里茶？

王娘说：“下河人在芦子沟塬植的茶，并没什么名声的。”

天鉴说：“喝起来好。”

王娘说："老爷不嫌弃，就常来喝喝。"

天鉴笑笑，说五个馒头的账你记在水牌子上吧，随后来衙里讨钱是了，起身要走。王娘说："五个馒头钱值得向老爷讨？说老爷常来，那是一句话，小店哪有福分老能承接老爷呢？你今日来了，只企望老爷能补补我门口的对联，王娘咬不了字，画碗圈替字了。"

天鉴虽识得一些字，提笔书写却是不行，说："画碗圈好呀，开饭店就是用碗的地方，只要来竺阳的下河人都有一碗饭吃，我这知县就不枉当了！"

王娘就朝偏门口喊道："五升，高运，三柱子，听见老爷的话了吗，老爷会让你们有饭吃的，还不出来见见老爷！"偏门口探头探脑的人一听招呼，头却一下子缩了回去，但立即更多人挤在那里，有三四人前脚已踏出门坎，后边的一推，脚又收回去。

天鉴问："这是住店的吗？"

王娘说："我哪里有了客房？都是些没事干的下河人，没处去，腾了这后院让他们夜里存个身，白天就出去混口，这几个是要饭都要不来的，躲在这里发迷瞪哩！进来呀，进来，老爷是官又不是老虎，怕吃了你们？饿肚子不寻父母官，我可没多余一口饭再养你们了！"

还是没人敢出来，天鉴便走到偏门口，站在后檐根下的人就全跪下来磕头。天鉴没有说话，转身到柜台前卸下水牌，用笔写了“知县，四十个馒头”，说：“王娘，七个人三十五个馒头够吗？四十个馒头钱你一定来衙里来取！这样的人别处还有吗？”王娘说：“多哩。”天鉴说：“你要了解，你寻个人把这样的人名字、年龄列个单儿来县衙给我，总要得想法都活下去。”王娘锐声说：“行的行的，人都说老爷是支厅的盐包老爷，果然盐青天！”就送天鉴到街上，天鉴并不回头也不回应，一脸正经骑了驴子就走。

走了，还听见王娘在和人说话。

“这就是知县老爷？老爷到你店里了？”

“你是说这老爷是假的？”

“王娘你刀子嘴！老爷到你店里了，你怎不让我见见？”

“你要给老爷磕头吗，老爷刚才在这条椅子上坐的，你先给椅子磕个头吧！”

“我向老爷告状呀，我家的三只鸡都被偷了，还不是你们那些下河人干的！”

“别猪屙的狗屙的都是下河人屙的！哪面坡上没有弯弯树？昨日逢集，我从十字街口人窝里过，人挤人地迈不开脚，就觉得有只手在我心口处揣，我以为哪个骚小伙在拾我便宜，想，小伙家没见过，揣就揣去吧，寡妇家又不是黄花闺女！可挤出人窝去买熏肉的香料，一掏怀里钱袋，没有了，狗日的，人家不是在揣心口，贼，是偷了我的钱袋哩!”

天鉴统计了大约六百余名的流浪下河人，就正式发了修建平川道水渠的布告。不出所料，平川道的许多人家缺乏劳力愿意割地雇人，天鉴便亲自走村过寨，强令得到割地的下河人就地落籍，然后统一组织分段修渠。各段由各村社推举渠长，全渠总负责人为渠督，择了吉日，天鉴在衙门口摆了酒桌，亲自为渠督敬酒。渠督原是衙里的一名粮长，当下激奋，立了军令状：三个月渠修不通以脑袋抵押。天鉴说：要修通了，我赏银三百两，为你竖一块碑子。这粮长到了工地，人虽良善卖力，但乏于威严，刁野浪荡惯了的下河人因粮食不足，偷工减料，三个月后，渠是修通，而一通水则一半渠堤塌陷。天鉴得到消息，传令粮长来见，粮长是来了，却是一颗血淋淋的脑袋装在口袋里着人提来。天鉴见不得血脑袋，想起西流河畔的兄弟，于是放声大哭。巡检抱怨用人不当，下河人刁野，能镇住的只能是巡检署的人，便让县西峰镇的一名心腹头目出任渠督。又是三个月，水渠还是没有修通，且修渠民工三分之一的人拉痢疾。一调查，各村庄筹集起来的银款被渠督贪污十分之三，且将所拨的麦子全倒换了玉米，还有一部分已经霉变。天鉴勃然大怒，断了渠督死罪，仍不解恨，着令将皮剥了，蒙鼓挂在城门口示众。人鼓挂在那里，刮了七天七夜风，起风鼓就响，满城公干和百姓都害怕了，说知县平日文文斯斯，下手竟如此狠毒。渠还是要修的，谁来劝说，天鉴就骂，但没人敢再出任渠督，张榜招贤，也是无人来揭。

天鉴也就浮躁了，夜里睡在床上，似睡非睡，眼前总是出现白的光团，又看见白毛狼的眼睛了，燃灯坐起，四堵黑墙唯一扇窗口，用被单蒙了窗口又睡，还是在梦中见到静卧的白狼。天鉴想，是我做得太狠了，还是这渠本不该修？不修渠竺阳怎么富，下河人如何生活，知县的政绩还有什么？天鉴做得是狠了些，天鉴要不做县令，巡检也一刀砍了，荐举的什么货色，这不是成心坏我的事吗？天鉴如此想着，就每日夜半起来，可一穿上官服，浑身就发痒，这痒越来越厉害，脱了官服看时，褶缝里果然竟有许多虱子。天鉴就奇怪了，当年在山林吃的什么，睡的什么，一件不得换洗的蓝衫也不见生虱子，如今二十天在瓮里沐浴热汤，穿了华美的官服倒生虱子？”天鉴就着人常洗官服，但只要一穿在身上就奇痒起来了。这一日又喊跛腿的衙役拿了官服去洗，跛腿的衙役说：“这才怪了，老爷的便服上怎不生虱子？莫非虱子也要沾老爷的官气？”天鉴笑了说：“它是要吸老爷的血哩！”衙役说：“老爷，王娘店里也承接洗衣的，她是用苦楝木子汤泡过，又用米汤浆的，那法子或许就灭了虱，怎不把官服交她洗一洗试试？”天鉴说：“那好，我让她来衙里取四十个馒头的钱款，她倒一直没来，你捎了钱去，把这官服也让她洗了。”衙役去后，第二日送来官服，洗浆得十分整洁，天鉴十天里不觉发痒。但十天后虱子又生了出来，衙役就让王娘定期来自取官服。

又是一日，天已转冷，天鉴在堂上断了一桩讼案，又与县丞议了一阵无人揭榜的事，就闷闷不乐回到后院卧房，才点了灯，生了一盆旺炭来烤，跛腿衙役进来说王娘来送官服了。天鉴说人呢？衙役说在门外边。天鉴低头瞧见门帘下露了一点红的鞋尖，立即正襟危坐，对衙役说：“让她进来。”王娘进来了，拿了一脸平静，给老爷请安，天鉴让坐，落座椅上，腿合交一起，眼就瞥了四壁，耳里逮住了一声嘤嘤清音，知道蛐蛐就在椅后墙角，没有跺脚，也口里不弄声响来。衙役说：“王娘还会拘束呀?”王娘说：“老伯去化觉寺烧香敢指手画脚吗?”衙役就笑笑，退出去了。衙役一走，天鉴和王娘都更不自在，王娘又听见嘤嘤声，说：“衙里还有蛐蛐?”天鉴说：“衙里有蛐蛐。”说罢觉得好笑，就笑了，王娘很窘的，起身到灯檠前拔了头钗把灯捻拨亮来，说：“天晚了来，老爷不怪罪王娘吧？白日吃饭喝茶的人多，王娘抽不脱手脚，寻思明日送来，又担心明日老爷或许坐堂。”天鉴说：“劳动王娘了!”便将王娘进来时提着的竹笼盖揭了，取了折叠整齐、浆得硬平的官衣，又看见了竹笼底放有一包茶叶。天鉴说：“还带茶了吗?”王娘说：“随便捎一包的。”天鉴说：“那好，送了我就是我的，我也沏一壶茶待客王娘了！”天鉴取了壶喊衙役灌水，王娘说她去，天鉴说不，还是跑来的衙役接了壶，王娘就叮咛一定去井里取活水。取水在火盆上煮，王娘要招呼水壶，就移椅坐近火盆了。两人又没了话，王娘偶尔一举头，瞧见天鉴看她，脸上现一个无声的笑。天鉴以前见过王娘大笑、咯咯嘿嘿地摇荡人，但还没见过王娘这般无声地笑，她颧骨不高而大，脸丰满如盘，无声笑时，嘴角便有微微细痕显出颧部，略小点的眼睛搭配着，是一副佛样的慈眉善眼。天鉴说：“王娘是用苦楝木子汤浆的官服吗，穿着十天不痒的。”说过了，脸红起来，想王娘洗涤时一定发现官服里的褶缝有虱子了。王娘说：“是用苦楝木子汤，虱子一闻到那味就死了。”天鉴脸更烧灼，用手去揭壶盖看水开了没，水还在响，响水不开，王娘忙去调火，不想壶竟歪了，水倾在火炭上，扑地腾一片水汽和灰。天鉴说没事没事，身子一扬，一只脚褪了鞋屈踏在床沿上，脸上很硬地笑笑，说：“官服上倒生虱子，王娘觉得知县不像个知县了吧？”王娘说：“怎么不是个知县了呢？”天鉴嘲讽地说：“坐在衙堂上的才是知县，而官服里却有虱，现在不穿官服了，这个样子坐在床沿，王娘眼里见着的就不是知县了。”王娘说：“那知县眼里看见王娘不叩头下跪，又弄倒了水，迷了老爷一脸灰，也就不是百姓了吧。”天鉴就笑起，王娘看见天鉴笑，自己也笑起了。

这一笑，天鉴觉得自己到任后第一次这么自在了，他奇怪半年来克己复礼的那一套架势怎么今日一到王娘面前就放下了。天鉴突然萌生了一种什么缘分的怪念头，是和这女人有缘分吗，为什么几次与她很奇妙的相见，几十年地喝茶穿衣，偏偏真觉得她的茶对口味而华美的官服就要生虱子？但是，一个堂堂的知县与一个开小店的下河人寡妇的缘分？天鉴定眼看一看有白狼的影子没有，没有，仍怀疑自己早年山林的习性又犯了，做了冒名顶替的官人，要改变自己的命运，要建立自己的功业，旧日的习性万不得流露出一丝半毫，天鉴在西流河畔第一次穿上官服起就没有思想准备，半年来，做官是多么不习惯啊。他不知晓别人当官是怎么个当法，而他却也说不清见了王娘自己怎么就不一样起来。天鉴在刹那间提醒自己不能在每一个下民面前暴露了非官人的形象而坏大事，却无法抗拒他对面前这女人的好感。

天鉴终于抬起头来，大胆地盯着面前的女人，女人竟在他的目光里迟疑之后一脸的羞涩。这使天鉴吃不透了这个女人，在人稠广众之下口齿尖锐的王娘却是这么安稳柔顺，脸色绯红，一双耳朵也赤彤透亮了，如果王娘还如前几次一样尖舌利嘴，天鉴倒习惯了这性格，或许什么也没有了，而王娘这一副状态，倒使天鉴才自在了起来又不自在了。

水壶的水开了，王娘沏茶，热茶下肚，两人都热起来。王娘起身去推开了床边的那一页窗扇，才坐下来，又去关闭了那页窗扇，不让凉风直吹到天鉴身上，而将朝着她的那页窗扇推开了。

这一细小的动作，天鉴又一次感受到了这女人的细心与体贴，默默享受了关切的幸福，默默感谢着她，而同时一股无名的忧愁袭上心头，长长地叹息了。

“老爷心情不好吗?”王娘说。

“还好。”天鉴说。

“老爷气色不好，一定是心情不好。”王娘说，“竺阳县大小的官人都是当地人，有家有眷的，唯老爷家在南方，怎不搬了家眷也来竺阳，是夫人看不中这边城小县，还是老爷在南方有个金屋特意藏娇?”

天鉴该怎么说呢，天鉴笑笑，却问：“你是以为我太残忍了吗?”

王娘说：“哪里，老爷不带家眷自有老爷的想法，怎么能是残忍呢?”

天鉴说：“是残忍，好多人都说我残忍。”

王娘说：“那是说你杀了渠督，还剥皮蒙鼓……”

天鉴说：“是吗，所以现在张榜招贤好多天没人出头了。”

王娘说：“我说老爷心情不好，果然老爷愁着竺阳县的事了！可话说回来，也犯不着愁，什么事都可能让人尴尬，就像这么好的官服生了虱子一样的。老爷不嫌，容我多说了，外边说老爷不该剥皮蒙鼓，杀人越货的匪盗也不这么干的，老爷怎么能与匪盗并提呢？这都是巡检大人的家人四处散布的。这等恶人甭说剥皮，让全县人熬得喝了人肉汤也是罪有应得的。现在不是没人出头督工，督工都是有身份的，这些有身份的害怕了，而不害怕的也有能力的却人物卑微，哪里又敢出头呢？”

天鉴说：“怎么不能出头，什么官人还都不是平头百姓干出来的?!”

王娘说：“老爷这么说，我倒荐举一个人来。”

天鉴说：“谁？”

王娘说：“要说这人老爷也是认得的。”

天鉴说：“我还认得？”

王娘说：“还记得那早晨我去哭灵吗？就是那个讨不起老婆的严疙瘩。自那以后他常来谢我，我知道他的根根底底，为人正直，又极能干，前日来店里送我一斤金针菜，说起这事，他说老爷就是不用他，老爷用的渠督第一个忠心却无能，第二个凶狠却不懂农事，他去渠上看了，之所以一通水渠就毁了，是那十五里处渠修的不是地方，如果是别的地方，那红土层可以凿窟打墙，土的立身好，而竺阳县的红土层立身软，水一泡就糊了，要是他做渠督，渠道往北改半里，那里尽是白土层，土质硬得很哩。”

天鉴听罢，喜形于色，一抱拳说道："本县这得谢你了，你能明日一早去找那个严疙瘩来找我吗？"

王娘见天鉴为她抱拳行礼，慌忙就跪下了。

天鉴说："王娘，你这是个百姓了！"

王娘说："老爷，你这阵也是个老爷了！"

启用了严疙瘩为渠督，几乎有一半的渠址重新勘定，实行十人一班的互相监督，工程进展颇为顺利。天鉴察看过三次，严疙瘩身体力行，除了跑动督工外，自己也跪在乱石窝里搬动石头，以致膝盖上结了厚厚的茧。最是一次指挥用禾草烧崖、冷水激炸之法开采石料时摔过一跤，右腿伤转为连疮腿，还被人用滑竿抬着在工地督阵。天鉴极是感动，着人送一小坛深藏百年的老酒奖赏严疙瘩，严疙瘩不敢独喝，召集了全渠的下河人和土著人，将坛酒全部倒在一个清水小泉，每人用盅子舀喝一口，酒真正成了水酒，淡而无味，但人人感动得流下热泪。

终于选准了一个严渠督，虽然众多头面人物表示怀疑，要看最后的笑话，天鉴心是松下来的，一面派衙役去渠地上收集抬断了的木杠，穿烂了的草鞋，一日一堆展览在衙门口让城里人都知道修渠的辛苦，一面捐收粮食、肉类、菜蔬和衣物给修渠供养，天鉴忙里偷闲也要往王娘的小店去。天鉴进店从不吃饭，只是品茶，品得已上了瘾，平日带一班衙役去四乡查看农桑，也还要拿王娘店里的一包茶叶去夜里熬喝。

此一日住在山寨的木楼上，打开茶包，先捏了一瓣嚼在口里，却发现茶上有一根淡黄的头发。王娘的头发不是黑如漆色，愈长愈泛了淡黄。那头发如果长在黑脸的女人头上，样子并不甚好，但王娘皮肤白皙，这一头密而蓬的乌发，显得有了另一番标致，天鉴猜想她之所以明艳，是在这胖而不肥的白净皮肤，飘逸的淡黄长发，星子般的眼和开口便笑露出的洁而齐的碎牙吗？这根头发很长，是盘绕了一团在茶叶上的，分明不是无意的掉落，天鉴就把头发放在手心看得如痴如醉，后又装入贴身处的口袋里，品了一夜的茶味。衙役在隔壁房间打鼾，楼下的主人一家三口灯熄了叽叽咕咕说了一阵话，后来小儿喃喃，女人在尿桶里空洞地撒尿，天鉴就想起了他这一生所知所遇，王娘是对他最好的了。县衙的事务繁多，王娘却使他魂缠梦绕，一静下来无时不在思念，感激上苍让他得手成功，若说是做了一回官人，不如说更使他结识了王娘，一生从未经验对待女人的天鉴，明白了世上的女人要么是菩萨要么是魔鬼，而王娘却是菩萨和魔鬼合作的杰作，她烈起来是一堆火，烤手炙肉，连县丞也说她“天生的歌舞伎坯子，可惜她不懂歌舞，要不她到京华地面也要名重一时的。”但县丞哪里知道她柔起来又是水一样的清纯可怜呢？

天鉴一时思绪飞动，浑身燥热，习惯了频息闭目在眼前的图像中寻找王娘形象，相信他在思想着王娘的时候，王娘也会同时思念他的。记得上一次去小店，他假装无意地说出夜里做了一梦，他正在西流河的北岸，忽发现河面桥上走着王娘，王娘衣裙飘动，那印着浅白花纹的软裤风鼓得圆圆，裤管用白丝带子束了，下是一双小而精巧的鞋脚，样子美妙可人。他纳闷王娘一人怎么在这里，连喊三声，王娘却不理也不回头，醒来后竟迷惑是在做梦还是现实。就问王娘是不是去过西流河岸，王娘笑着说：这才怪了，我怎么也做梦是在西流河上的桥面上，明明看见你领了一班人在岸上走，喊你你不应，还以为老爷在外是知事老爷，要保持官家威严，哪里肯与一个贱民女子搭话呢？两人说罢，就都不言语了。而在今晚的山寨木楼上，天鉴终究没有在频息闭目中看到王娘的形象，但却听到了楼柱上爬行的一溜蚂蚁步伐声，听到楼窗台那盆月季开花时的歌唱声……终于在三更或者四更，并未脱衣褪靴而偎坐在那里睡着了。

一阵吵闹惊醒了他，有嚣杂人语和咚咚脚步，一个声音就在楼下轻唤："老爷！老爷！"天鉴揉眼走到楼栏处，站在楼下的是自己的衙役，满头大汗，一脸喜悦，说："老爷，有稀罕景哩！"天鉴问："深山老林有什么稀罕景，又是见了双头蛇还是一棵九种不同叶子的老树？"衙役说："是豹子把牛抵死了，不，牛把豹子抵死了！"

衙役带了天鉴往山寨口去，那里涌了一堆人，有哭的有笑的有主张杀肉剥皮有提议凿穴掩埋的，有一声说："老爷来了，让老爷瞧瞧，竺阳县的牛都是为老爷忠心耿耿!"人们就让开道，天鉴近去一看，在一石堰前，满地的豹毛和牛毛，血迹斑斑，如零落红梅，一只白毛黄斑的金钱土豹靠着堰，后腿立起，前爪伸空，龇牙咧嘴僵死在那里，而直对着土豹腹部是一头黄牛低抵着头颅，牛四蹄斜蹬，背拱若弓，双目圆睁也在那里死了。不用分说，这是昨晚里，土豹窜到了山寨，而寨里的牛与之搏斗，夜深人静无人知晓，两个巨物不知斗了多少回合，势均力敌，最后牛终于将豹抵到了堰根，直至把它抵死。但是，抵死了豹，牛却并不知道豹死，它不敢松一口劲，所以在整整的一个夜里一直那么不动姿势地用力而累死了。天鉴大受感动，没想到牛这么勇敢和忠诚！人们上去抬下了死牛，它还保持着搏斗的姿态，齐声叫嚷这牛不在前日夜里抵死土豹，也不在明日夜里抵死土豹，偏在知县大人夜宿山寨时献身而死，这是知县英明牧县的精神感天撼地的结果，而知县能在牛死后亲眼看到，也是牛死得其所了。当下，人们抬了牛，在牛主人的长哭短泣中掘坑掩埋了，便动手宰杀了土豹要给天鉴享用，又坚持送豹皮给老爷。天鉴并不推辞，一一接收了，天鉴对于豹肉并无多大兴趣，熬煮一锅让衙役放开了肚皮，那豹皮他却第一个想到一个人。

熟好的豹皮铺在了王娘的四六土炕上，天鉴像干了一件最得意的大事一样心情舒畅。天鉴先是担心王娘不肯接纳，因为他每每喝茶和洗涤官服所付银款时，王娘怎么也不肯收，说老爷把王娘看扁了，王娘虽穷，又是生意人，王娘并不喜欢钱，她只干她乐意干的事，要不，能有几个钱就肯去当假老婆当众一把鼻涕一把泪叫人家娘长爹短呢，就肯让那么多下河人住在自己窄小的后院？天鉴更怕送了豹皮，王娘要以为天鉴是王娘待他好而他才回送的，或是送些东西才要诱惑着与她再好，把一场感情全变成物价了。但是，王娘接住豹皮，没一句推辞，当下抱在怀里，连声说有这豹皮作褥夜里就不感到寒冷了。她并当着他的面数起豹皮上的黄金斑点，说："金钱豹，金钱豹，王娘夜夜要做金钱梦了！"自此后的每个夜晚，天鉴办理完了公事独自安眠，一躺下就想起这张金钱豹皮了，幻想一个怎样的脱得一丝不挂的女人在豹皮上，或者说，是这明艳的裸体的女人骑在了凶猛的金钱豹身上，那是一幅多么奇丽绝伦的图画呢？菩萨与魔鬼精心合作的女人，才能制服这凶猛之兽吧！于是，在万籁俱静并无一人的空床上，天鉴放诞了自己的旧日习性，一时竟觉得自己就是那一头金钱土豹了。

做着如此幻想的知县天鉴，他为他得到豹皮又顺利交纳于王娘的喜悦而增加在事业上的自信力，更膨胀了要干一番大事的雄心。也可以说，在他初见王娘就有了这种感觉，但那时并没有想到日后能与这个女人这般熟识，这件事后，他精神焕发，没有了来路不正和不懂官务的自卑和胆怯，好久好久也就未看见过白狼的光团了。毫无疑问，天鉴不止一次地对自己，也对着衙里人说，严疙瘩督渠一定不会如前两次一样没有结局，就通知手下，找最好的石匠开始凿碑，以等渠道通水便立碑修亭于县城最中心的十字路口。县丞劝他；“老爷敢肯定渠就能修好吗?”他说：“肯定的，我有预感!”

果然三个月后，水渠通水，大功告成。但竖有碑子的八角大亭还没有造好，天鉴亲自为严疙瘩披红戴花，他骑一头毛驴，严疙瘩也骑一头毛驴，一前一后走遍县城的长街短巷。而且放出了话，要在八角大亭修好之前，他要擢升严疙瘩，消息传开，满城风雨，人人都在议论着知县老爷要擢升严疙瘩个什么官分儿。

已经是一个深夜，县丞来找天鉴，悄声说：“大人，有人私下议论你要免了巡检让严疙瘩补缺儿，咱衙里的下人都是长舌男，尽会无风就是雨，知道巡检大人与你不洽，就拨弄是非，这怎么可能呢，这不是要让巡检和大人置气吗？我狠狠训斥了一番，说谁再胡说八道，就抽谁的舌头!”

天鉴没有言语，却把舌头长长吐出来，说：“你把我舌头先抽了吧!”

县丞说："大人，你……"

天鉴说："这话是我说的，我正要听听你的意思呢。"

县丞说："严疙瘩是有功当然擢升，他什么职儿都可以任，免巡检怎么行呢？听说巡检已经逮了风声，在家大骂大人。又上书给州里了。"

天鉴说："他不是有病吗，我去看过他几次，都病重得躺床呻吟。既然病成那样，巡检的职位总不能空缺着没人理呀！"

县丞说："巡检与大人有隙就故意称病不干，实在是太放肆了。可巡检家大业大，水深着的，何必得罪他呢？"

天鉴说："他水深怎不就当了知县？我既是一县之长，褒良除奸也是我的职责。你今日来是从巡检那儿才过来吗？"

县丞从座椅上站起来，满脸出了汗，说："一县之政，大人当然无所不管，管无不算的，我也是为了大人着想才这么说的。"

天鉴笑了："好吧，你的话我知道了。"

县丞的话并没有引起天鉴重视，天鉴知道县丞熟于官场，却为人性软，或许是巡检逮住风声托他来说情的，或许他只是这也怕那也怕来探他口气，心中有底了，以免不罢黜巡检而得罪了巡检，又以免真罢黜了巡检又得罪了他。但是，天鉴万万没有想到竟在三四天之内，吏目来为巡检说情，督学来为巡检说情，那些富户豪绅以及化觉寺的住持也来说情，虽没有县丞那样直言明说，而拐弯抹角先赞誉知县明镜高悬，爱民如子，所办几件大事功德无量，要青史长存，接着就说巡检大人多么熟悉公务，又耿直廉洁，虽然性情高傲一些，但要巡境治安也必须有一个威严之人才能镇住，他待一般人有些不恭，那也情有可原，因为整日从事的与盗贼打交道也就养成了那一副冷脸儿。紧接着，一面是各边镇的巡庭小头目接二连三捎来一些山货特产，狐貂皮革、瓷器、补药之类，说是他们在下边收集或猎取的，原自个享用，巡检大人去见了大发雷霆：竺阳是小县，这么些好东西知县大人都没有你们倒享受了?！他们想想，也是，就不敢私用，贡献于父母官了。一方面，州里师爷，州巡检，以及邻县的同僚，纷纷来函向他致安，末了总附上一句：竺阳巡检是我旧知，转致问候。

天鉴为难了，事情还没有个头绪，擢升严疙瘩仅仅只是透了个口风，竟惹得满州满县不安生了，想，愈是这样我天鉴愈是要干，知县是干什么的，知县就是掌教化百姓、听讼断狱、劝民农桑、征税纳粮、户口编籍，修桥铺路，教育祭祀的，上任以来，干哪一宗事巡检配合了知县而尽职尽责?！天鉴咬紧了牙，通知衙役门卒，凡是再有人来说情一律杜绝，任何人所送东西一概不收，且落下来人来物的清单、追查深究。通知下去了，天鉴却瘫在大堂椅上立不起身，他觉得衙堂的柱子旋转起来，衙堂门口的石阶也立了起来，就有一团白光出现，又是那白毛狼的形象了。天鉴用手去抓桃木小棒槌，渐渐消了浮躁，想自己是不是看错了巡检呢？难道上任以来，巡检与自己不合，自己真有了成见而埋没了他的功绩？如果真是巡检有关系在州里，那自己的仕途能顺当吗？以杀了两个无辜而换得的这个身份，未完成自己的夙愿就夭折了吗？那西流河岸上为了大事大业自杀身亡的小兄弟就那么白白死了吗？天鉴又着人收回通知。收回了通知，天鉴心又不甘，如此放过了巡检，让这样的人继续在任上，往后又怎么与他一心一意治理竺阳啊?!冒名顶替的心底并不实在的知县天鉴，他不敢除了竺阳到处走动，他没有州里和邻县甚至竺阳县的根根葛葛的网络，可怜地只是独坐犯愁，将一脑袋的头发搓得一落一层。

天鉴终于病倒了。

第一个得知天鉴病倒了的是衙中厨子。中午做好的饭菜端上来又原封不动地端下去，老爷躺在床上，双目失神，面如土色，只说想喝莲子汤。莲子汤煎好了，勉强喝下，厨子说："老爷要不要看郎中？"老爷摇摇头。厨子又说："老爷还想吃些什么？"老爷再摇摇头。厨子又说："那老爷好好睡一觉。"就替老爷拉展了被子，把枕头塞在脖下时，老爷示意把床下纸包的东西拿上来，纸包挺沉，厨子以为是装金银的匣子，不敢多嘴，看着老爷枕上了就退出门。天鉴也想，我实在是精疲力尽了，好好睡一觉吧。才觉迷迷糊糊，听见有人叩门，问谁，进来是县丞。县丞说：“大人病了？”天鉴说：“有些不舒服。”县丞说：“没看郎中吗？”天鉴说：“不用的，喝了一碗莲子汤睡一觉就好了。”县丞说：“你是太累了，要好好睡一觉。若想吃什么喝什么，你说一声，我给你办就是了。”天鉴说：“多谢你了。”县丞走后，吏目就来了，说：“听说大人病了？”天鉴：“浑身没一丝力气。”吏目说：“那我请郎中去！”天鉴说：“用不着郎中的。”吏目说：“那你想吃些什么吗？”天鉴说：“不想的，只想睡的。”吏目说：“好好休息才是。”无限同情地长叹一声退出去了。天鉴闭上眼睛，全身开始放松，一时就觉得双腿消失了，接着双手也消失了，正似睡非睡，又听见门口有窸窸之声，遂听着又轻声问：“老爷，老爷，”天鉴睁开眼来，看见的跛腿的衙役，衙役说：“老爷你真的病了？”眼睛就红红的。天鉴说：“吃五谷得六病，也没大问题。”衙役说：“你想吃什么吗，我那老婆能做胡辣汤的，我回家去做一碗吧。”天鉴说：“啥也没胃口的，我只困得厉害。”衙役说：“你睡吧，睡吧，百病多歇着就会好的，那我走啦。”就走了。衙役一走，接连不断地来的是衙里上上下下官人公干，直到傍晚，来的人更多，是观察，是都头，是学督，是富户张廉、韩涛、李其明，是十几里外的村长，也有巡检署的各等人物。来了都不一起来，一起来留给知县的印象不深，每次单个来以示关心，照常是病得怎样，还想吃什么？天鉴照常是没什么，不想吃什么。来人就说你要好好休息，有病不敢累的，就走了。直折腾到了多半夜，天鉴想睡睡不成，病越发重了。待到听说老爷病了，急急赶来探视的严疙瘩刚一进门，天鉴从床上坐起来破口大骂：“这都是来索我的命吗？谁来了都说让我好好歇着，可一个接一个地来，我怎么歇着？出去！出去！”严疙瘩也吓慌了，低了头就往外走。天鉴说：“你是谁？”他一定睛觉得似乎是严疙瘩，严疙瘩转身给老爷下跪，天鉴不言语了，用手撑了身子说：“你来了怎么就走？”严疙瘩说：“我只听说老爷病了，但我实在不知道老爷没能休息。天很晚了，你睡吧，老爷没什么大事我也放心了。”天鉴说：“我算什么老爷，我这老爷当得窝囊哩。那日披红戴花后，你怎么不来见我？”严疙瘩说：“我时时刻刻都在感念着老爷的恩德，可听到一些风声，说老爷要擢升我，我就不敢来了。严疙瘩是什么人，能得到老爷重用督渠，也是我的造化，哪里还敢有妄想呢？外面议论纷纷，有人深更半夜在我家门上倒了一筐癞蛤蟆，意思骂我想吃天鹅肉，还有人将我娘的坟掘了一个窟窿，是要放我家坟地的脉气。今日晚上我出门，门口树干上有个纸人，纸人浑身都插了针，这也是咒我的。这些我都认了，可听说有人上告老爷，我真怕老爷为了我有个闪失，心中就不安，得知老爷病了，想八成为了我的事，虽是夜深了，我却不能不来看看呀，老爷。”严疙瘩说下去，已经趴在床沿泪流满面。天鉴就扶他坐在床沿，好久好久一言未发，末了说：“好了，你回去吧。谁再威吓侮辱你，你就来告知我，老爷毕竟还是老爷的。”

严疙瘩一走，鸡已经叫过三遍了，天鉴越想越是气恼，心里骂知县不是人当的，事情杂乱得让你害了病，事情杂乱得也让你连病也害不成！“老爷毕竟是老爷”，他天鉴说过这样的话，难道一县的父母官说了话就像天雨下到河里吗，该奖的不能奖，该罚的不能罚，那以后说话还有什么威力？这么好的一个严疙瘩，就因为地位低贱，纵有天大的本事，我知县也不能保护了他吗？这么想来思去，脑袋又涨得生疼，说，不想了，不想了！不想了又一时睡不着，脑子里就冒出个王娘来。今日半天和这半夜，来了这么多人，王娘怎么不来看我呢！王娘是不知，还是王娘又因一个下贱的店主，一个年轻的寡妇不好来吗？竺阳城里，天鉴虽然是一县之长，可天鉴有话能对谁去说呢？这么一病，又有几个真心来照应呢？这么多人来探视有真心的也有假意的，既是真心的，也全是下人对知县的出自道德和同情，而哪里又是发自另一番的知己知心的情感呢？

鸡啼四更，天鉴终于睡着了，这一觉睡得死沉，不知是什么时候，他听见了嘤嘤的哭声，睁开眼来，床前的墩椅上面坐着王娘，头上虽是抹了油，梳得一丝不乱，而一脸憔悴，眼红肿如烂桃儿。“王娘!”天鉴以为在梦中，身子不自觉往起爬，额上掉下一个热湿毛巾，王娘惊喜地叫：“老爷醒了!”天鉴才明白不是梦，脸红了许多。王娘重新让他睡好，重新拿两把水壶在水盆添水，添了热水，用手试试，烫，再添凉水，再试，又凉，复又添热水，湿了毛巾再次敷在他的额上。天鉴的病是烦闷所致，睡了一大觉，原本也好多了，见是王娘来看他，精神登时清爽了许多，便取了毛巾，硬是坐起来说：“你怎么来的，什么时候来的，什么人都来看过了，你偏就不来看我?”王娘听了，脸也绯红，却又掉了一颗泪来，说：“你真的好些了吗?你是老爷，关心你的人多，哪里用得着我来看呢?今早严疙瘩来店里说你病了，吓得我脚慌手慌，赶走了顾客，门一挂锁就跑来了，天又哗哗地瓢泼大雨，衙门也关了，我敲门，正好是跛腿大叔，我说给老爷送些茶的，就放我进来了。”天鉴说：“别人不得进来，王娘还不能进来吗?天下雨，没有淋湿吧?”王娘说：“湿衣服都干了，你一直睡得不醒，我又不敢唤你，不知病得怎样?想这个时候需要着夫人了，夫人不在，忍不住就哭了。”天鉴说：“这点小病还值得你哭的，瞧我起来给你看看，现在什么病也没有了。”就一蹬被子下了床，衣服还是昨日躺下并没脱，只是头发凌乱。王娘让快戴了帽子，一时又找不见便帽，便将柱头上的官帽戴在天鉴头上。天鉴说不用，在内室里戴这硬壳帽子不舒服的，王娘说：“男人家凭的是帽，这又是官帽的。”天鉴说：“什么官帽不官帽，今日你在这里，我把官帽撂了，咱说咱们的话！”

天鉴兴奋地坐在那里，也为自己精神突然这般好而吃惊，就极力要冷静，看见王娘抿嘴儿笑笑，一时间里眼里又红红的，说王娘你怎么又哭了？王娘说：“我哭的是老爷这么待承我……我不哭，不哭的。”眼睛却更红起来，咕咕噜噜滚下几颗泪子。天鉴心又热起来，说：“王娘哭起来也好看哩。人人都说王娘泼辣厉害，但你脾性全变了，变得这般好哭！”王娘深深地看了他一下，嘴噘起来，脸倒赤红：“还不是老爷你把野王娘给改变了！”

这当儿，门外有禀老爷之声，进来的是跛腿的衙役，说：“王娘还在呀？”王娘说：“老爷刚刚起身。”衙役说：“老爷睡一觉气色好多了，现在要吃点什么吗？”天鉴说：“现在是什么时候？”衙役说：“快午时了。”天鉴说：“给厨房说，送两碗清汤面来，王娘也该吃饭了，淋了雨，多放些姜末和胡椒。”王娘说：“我可不敢吃。”衙役说：“老爷让你吃，你还不吃吗？现在雨下得越发大了，你怎么回去？”衙役退出去，王娘说：“我还是不在这里吃吧。”天鉴说：“你说你什么都不怕，就怕吃一顿饭吗？”王娘说：“你要不怕，我也不怕的。王娘整日为人端饭，今日就吃一回别人端的吧！”天鉴说：“这又是另一个王娘了，我出门在外要带了你，你敢不敢？”

王娘说："我敢!"同时红从腮起，眼睛眯着闪动了一下，害羞至极，垂眼只盯着脚尖了。天鉴心里嘭嘭地一阵跳动，涌动的话头很多，多得又不知说什么，眼睛也盯在王娘的脚上，女人的脚裹缠得精巧美妙，如一对糯米的粽子，恰恰地塞在一双黑面绣着红花的深帮鞋壳里，鞋底是沾了泥水的，已经用棍儿刮了泥点。天鉴实在忍不住要动一下，但他不能，说："鞋底湿透了吗?"王娘说："不打紧的。"把脚跷起来还看了一下。天鉴迷迷瞪瞪起来了，说："你脚缠得真好!"王娘说："不好，小时候我娘给我缠脚，说我脚蹼高，难缠的。"天鉴说："你娘说差了，女人讲究脚蹼高哩，凡是美妇人那地方都高的。"手伸向那个部位，王娘的手也到了那个部位，但天鉴的手没有触到皮肤，在距二寸距离的时候指了一下，王娘的脚动了下就抽回了。天鉴抬了头，看见窗外檐头雨已挂帘，兀自说："脚蹼真的高了好哩!"王娘再一次伸出脚来，用手摸那个部位，天鉴目光落过去，看她摸了一下，脚尖画了一个圆，又摸摸。跛脚的衙役就把汤面条端进来了。

衙役在一旁守着两人用罢饭，撤了碗碟，又提了开水冲泡了王娘带来的茶叶，就出去了。两人喝了一壶茶，王娘说："你让我走吧。"天鉴说："雨天没人去店里吃饭，急什么呢?"王娘说："你是病人，累着不好，改日再来，我还要给你洗涤官服了。"天鉴说："硬要走，我送送你。"王娘笑了："哪有县官送一个民妇的！”天鉴说：“我送到门口。”出了卧室，外边是一个客厅，客厅的门口悬挂竹帘，隔帘看见县衙后院中的这个小院里，那一片细竹湿淋淋，雨还在下个不歇，从厅门口去小院外的一道石子花径，冲洗得十分清净，两边土地面上汪了水，无数水泡明灭。天鉴说：“瞧多大的雨！”王娘也说：“天地都灰蒙蒙一片了。”天鉴说：“那你还走吗？”王娘说：“还是走吧。”天鉴就去取了一块油布来，王娘要自己披，天鉴却要给她披，面对面地一展手将油布扬起来，像一片云飞过两人头顶，又落在王娘的头上背上，王娘的口鼻香幽幽，一团暖热喷在天鉴的脸上，那一绺刘海在系油布的结绳时掉下来，搭在了天鉴的鼻梁上，天鉴最近地看清了白嫩的前额和扯得一根一根连接的舒展异常的细眉，他把油布紧紧裹在王娘的身上，也刹那间裹住了有油布的王娘。一切用不着乞求和强迫，水到渠成，自然而然两只口烫炙一般地贴住，你揉搓我，我揉搓你，系好的油布就掉下去，两个人的口分开了，大声喘气，分别在对方的眼瞳里瞧见了一个小小的自己。

“王娘，王娘，”天鉴搂着王娘说，“我太喜欢你了，我太爱你了，你让我亲亲，让我抱抱。”

王娘挣扎着身子，挣扎如软虫，越挣扎越紧：“我也是，老爷，我也是哩……这大天白日的，衙里尽是人。”

天鉴说：“那你怎不表示呢？我有心又怕你没那个意思而

伤了你。你不用怕，每日这时我要午睡，没人来的。我太爱你，可我总不知你的想法，要太莽撞，你就该骂这知县以势欺负你了，刚才实在想摸摸你的小脚的。”

王娘说：“我看得出来的，我也想你来摸摸，可你太谨慎了。”

天鉴说：“你也有那个意思，为什么又把脚收回去呢？”

王娘说：“我不敢。”

天鉴又一下噙住了王娘的口，他感到一个肉肉的东西出来，就狠劲地吸吮，恨不得连舌根从女人的腔子里吸吮进他的肚里。从未经受过女人身的天鉴，这一刻里是这么激动，他感到天大的幸福，使出了当年杀人越货的凶劲，一时全身都鼓足了干劲，感觉一切都膨胀了，高大了。女人却一下子软如一叶面条，站立不稳。天鉴轻轻一抱，一手担在女人的脖子下，一手揽住了那一双肉绵绵的修长的腿向卧室里走去。

窗外雨哗哗地下着，天地在雨里全暗下来。

“这雨真好。”天鉴说。

“好，”女人说，“好，好……”

“但雨来得是晚了。”天鉴说。

“是晚了……可总是下来了。”女人说，双目迷丽，全困得一丝力气也没有了。

这一场雨足足下过了十天，十天里竺阳县激动了许多故事，多少人家鸣放鞭炮，喜请宴席，庆幸家妇怀胎或是儿女订婚，多少人家却也怄气犯愁，化觉寺的大殿里就有了少男少女在那里默默祷告。天鉴在衙堂上，每日收许多文告，说××林一妇人上吊自杀，这妇人在下雨第六日去神庙进香，说“给我来个孩子吧，菩萨娘娘！要说是我不行，我在娘家做女儿时也是生养过的，要说我那男人不行，我并不只靠他一个人啊！”妇人以为庙里没人，没想一画家恰骑在庙梁上涂绘梁画，就把一碗颜料倒下来，泼了妇人一头一脸，这妇人回家的路上就吊死在树林子了。说××寨某户人家为儿子结亲，夜里闹过洞房，小夫妻喝了枣汤去睡的，半夜里儿子却突然死了，儿子是在新娘的身上死的，死了命根子还直挺，吓得新娘夺门而逃，家人去房中看了，就把新娘又拉回来，让死儿还依旧爬在新娘身上，以气养气，果然儿子又活醒过来。说××庄更出了怪事，两天里发现一户人家的磨房里有一男一女野合，来了人竟不避，只泪流满面求饶，原是两人接连一体无法分开了，村人大怒，以为邪恶，便用刀子割开，割开了双双缚于竹笼沉了深潭。说全县淋塌了十三座草房，县城有四堵墙被雨泡倒，砸死了一只叫喜的猫，一条母狗，还有两条菜花蛇，两条蛇是绳一般扭在一起的。天鉴看了这些文告，只是笑了笑，并没说出个什么，拿眼看县丞，县丞也拿眼看天鉴，天鉴说：“雨天嘛。”县丞说：“这雨……”天鉴说：“这雨是来得晚了些。”终是没什么新规所颁，不了了之。

但是，县衙后院中的小院圆门顶上，天鉴更换了原来的题字，改为“晚雨”。天鉴每每从公堂下来，一看见这两个字，就不免回味起了那一幕的细枝末节。在他最愁闷的时刻，获得了王娘的心身，那一时里天鉴感受了世界是那么大，同时又是那么小，他坠入难以言表的乐境，什么也都忘却了，而这种满足又使他放开了一切手脚，便决意排除所有干扰擢升严疙瘩。一闻各乡里的孝子，修渠有功的督工，让他替代巡检，即便是众人反对天鉴是不怕的，若是巡检告到上边，天鉴相信州府大人只要来做调查，明了事由，也会支持他干得正确果断，即便是他天鉴败了，天鉴脱了紫袍换蓝衫，携王娘到一僻静处，栽几丛竹，种一洼菜，生儿育女一家人也是惬意，虽然这么决定着眼前又曾出现几次白狼的光团，天鉴就拿眼盯那“晚雨”二字，喃喃道：“这也够了，这也够了！”

天鉴传令加紧修造街心口的八角大亭，八角大亭总算完成了，天鉴骑了毛驴要出门去察看，一个噩耗把天鉴惊得从毛驴背上跌下来：严疙瘩上吊自杀了！

严疙瘩怎么会自杀呢？天鉴不相信是自杀，回想那日严疙瘩说到的外人如何咒骂，掘了他的家坟一事，疑心又是巡检的手下人所为，就派人速去查看现场。去人回报道：严疙瘩是上吊在屋梁上的，颈有绳痕，舌头吐出，不是死后套的绳索。身上从里到外都是新衣，桌上残剩半坛老酒，可见死时心绪烦闷，又作了准备的。剥了衣服，身上没有任何伤，头顶没有钉子，脚心也没有钉子，可以断定不是他杀而是自杀。但奇怪的是，严疙瘩的柜台上安放着有菩萨神像和先考先妣牌位，竟也有一个木板，上写了老爷的名字，柜台上一堆香灰，分明是临死前烧了香的。“他这真是胡来，”捕头说，“或是死时脑子就坏了，老爷你是活人，怎么能写了名姓放在那里像个祭祀的牌位?!”

天鉴说声：“是我害了严疙瘩了!”眼里流下泪来。

衙役捕头哪里听得懂天鉴的话，一齐说：“怎么是老爷害了他？也是他命浅，浮不起老爷要擢升他的那福分!”天鉴没有解释，明白严疙瘩之死全是听了为擢升他罢黜巡检招惹了四方八面的威胁，是为了不让他知县受到伤害和为难，便自动地一死了之了。天鉴悲愤至极，痛恨自己无能，一个普通的百姓为了自己而自杀身亡，而自己身为知县却不能保全这个百姓，天鉴觉得自己终生也对严疙瘩有一份还不清也不能还的债了，就下令县衙为严疙瘩购买一具上好寿棺，于四日后初九的吉日就在八角亭旁安葬。

天鉴想，这一决定，一定会有人反对，最起劲的就又该是那个巡检了，他做好准备，不管谁出面反对，他都要坚持这么办，水渠纪念碑上大大刻上严疙瘩的名字，让这亭子和坟墓永久长存于竺阳县城的中心。揭碑埋葬那天，天鉴亲临现场，命令十二杆火铳一齐鸣放，他放眼看了一下黑压压的人群里，县上大大小小官人富豪都来了，果然不见巡检，便冷笑两声，故意在大声问：巡检大人呢？他怎么没有来呢？忽听得东头小巷一阵哀乐，一队龟兹响器班一身孝白地列队出来，再后是八人抬动的一副精制绝伦的棺罩，接着有两个穿白衣的人搀了头缠孝巾的人，那人哭声震动，十分悲切。坟地四周的人都扭头去看，天鉴也纳闷：严疙瘩孤身一人，哪里有这等威风的亲戚送葬？定睛看时，哭丧者竟是巡检。但见巡检一步一哭，悲不可支地被人扶到坟边，就趴在寿棺上捶胸顿足叫道："严疙瘩，我的好兄弟！你是竺阳县的功臣，你是竺阳县的荣光，你怎么就死去了呢?！我姚某身子有病，在你生前未能同你一块去修渠督工，你死了，盐老爷为你购买上好寿棺，姚某就要为你购一副棺罩吧！"哭罢，痛哭流涕，几欲晕倒。使在场的人都深受感动，便有人前去拉起巡检，说："巡检大人这般惜才，哭得我们也泪流不止，竺阳有盐老爷和巡检大人牧县，才出了严疙瘩这样的贤才！大人是什么人物，能来安葬也算严疙瘩的福气，可他虽是贤才，毕竟还不是官人，况且人已过世，生不能还，大人还是节哀保重！"巡检听了，擦了眼泪，转身揖拜了天鉴说："知县大人，这八角亭起了什么名称?"

天鉴说："起了'渠亭'二字，为的是纪念水渠修通。"

巡检说："'渠亭'也是好的，但渠是严疙瘩督工修通的，大人既能把严疙瘩埋在亭旁，何不就叫'严亭'，大人意下如何？"

天鉴看着巡检，暗暗吃惊巡检不是大奸之人，自己干了多少龌龊事，却偏能在全城人面前来了这一手，但当着众人面前，他已落得一片好名，连往日对他仇恨的人也以为他良心发现，能如此哭丧已是不易，天鉴能又怎样对他呢？

天鉴说："好，这名改得好，就叫'严亭'！"

掩埋了严疙瘩，天鉴再没提罢黜巡检的事，巡检突然宣称病好了，开始去各地巡逻检查。天鉴却心灰意冷，数日里不去坐堂，一任诸事推给县丞办理。天鉴深感到自己无能，终究未玩得过巡检，便生了不干知县的念头。这念头蒙生，夜夜就被白狼的光团惊醒，睡不好觉，白日就神情恍惚，再去王娘小店时又不能直言以告，但去的次数比先前增多，说说话，吃吃茶，暂时愁苦都搁开了。自上次一张薄纸捅破，两人自然是没人时偷情做爱，那一刻里老爷欢如风旗浪鱼，事干完毕，常常无故发呆，苦皱脸面。王娘以为他为县上公务劳心太多，为了使他心绪好起来，百般应承，博他高兴说："老爷要真的喜欢我，我能陪老爷好好玩，就是没个环境……"天鉴说："王娘刚时如铁，柔时似水，足以移人。我恨不得日日夜夜和你在一处。”王娘说：“我是半老徐娘的寡妇，色已衰了，就是还有颜色，甭说大千世界，单是竺阳城里比我年轻美丽的人多的是，老爷越来越会说话，什么足以移人？”天鉴说：“仅是美色并不能移人，城西头绢丝店里有绢做的美女，颜色较王娘胜十倍，我去看了怎不害相思？美女能不能移人，在媚态二字，媚态在人身上，犹火之有焰，灯之有光，珠贝金银之有宝色。王娘正是这般女子，一见即令人思之不解自己，才舍命以图你哩！”王娘说：“老爷这么懂得女人，以前怎未听你说过？”天鉴说：“以前我只觉得你明艳，却不知怎么就明艳了，前日东河县令托人捎给我一部书，是一个叫李渔写的，上面这么说的，看过之后我才知道你是有媚态之人，所以明艳异常。”王娘不知道李渔为何人，听了天鉴的话，更加撒娇，滚在天鉴怀里说：“前些年我去过州城，看过一出戏，戏里人说过两句话，当时好生不解，现在是解了。”天鉴说：“我听听，什么戏文？”王娘说：“一句是‘不会相思，学会相思，就害相思’。一句是‘待思量，不思量，怎不思量’”。天鉴一下子就把王娘抱举在空中了。

天鉴常来王娘小店，风声也慢慢传将出去，每次来的时间一长，衙里有了紧事，县丞就打发衙役来店中找天鉴，立于街前喊：“老爷！老爷！”天鉴不理，让王娘回复老爷不在店里。衙役回衙，县丞寻遍后院并不见知县，又打发衙役来店中寻，天鉴就对着衙役大发凶狠，王娘说："老爷，衙役一次又一次找你，必是衙里有什么紧急公务，你毕竟是县令嘛！"天鉴说："别人催我，连你也催我？什么县令，狗屁县令！"王娘赶紧关了门窗，低声劝道："这话可别让外人听见，你这县令也不是容易当的。"天鉴说；"有什么不容易？当不成了，我还不是我，我活得更快活哩！"一句话又险些说走了嘴，自己就愣在那里，愣在那里，眼前便出现狼的影子，还是一步一步回那衙去。

王娘瞧着天鉴的模样，心里忐忑了几个天日，她庆幸一生得遇了县令，县令又爱她如痴如醉，做个女人还有什么企求的呢？平日在外，有人开始指点议论，有羡慕不已的，也有面带鄙夷之色的，王娘不轻佻也不忌恨，只是还忙碌开店，只是开着店仍涂脂抹粉，穿戴从头到脚整洁光亮，闲下来倒点检：老爷来小店的次数多，常让衙役来找，会不会为了自己老爷疏了政事呢？但一想老爷常常长吁短叹，是县里麻烦事苦愁了老爷，老爷能在小店心情愉快，王娘甭说有功也是无罪啊！街上有人见了问："王娘，你越活越年轻了！"王娘说："你比我小八岁，你是戏谑我吗？"那人说："我是比你小，可我那男人是什么猪狗，害得我窝囊成什么样儿！人常说女人像是把琵琶，看遇个什么男人来弹哩，会弹的是一首韶乐，不会弹的是一团噪音。"王娘心里一怔：这话好有理儿。心下暗自喜欢，却说："你男人是牛粪上插了你这朵花儿，可好歹还有个牛粪男人，我呢，我有什么，一把琵琶让灰尘封了！"那人就撇嘴："呀呀，王娘，瞧你说这话的得意劲儿！不说贫嘴了，我只问你，东桥口李家的俩兄弟地畔官司，是老大能赢还是老二不输？"王娘说："这是县衙公堂上的事，王娘怎么晓得？"那人不悦了，说："王娘怎么能不晓得呢？"王娘心想，外边的风声已经很大了，就又反省自己：知县每次来都不想回去，怠懈了县上公事王娘可是有责任的，知县讨厌起了衙里公事，是不是贪迷了自己呢？如果事情是这样，王娘就不是好女人了，好女人应该使男人更精神更务正事，而自己是不是贪婪了呢？

于是，天鉴再来，将这心事说与他，天鉴突然放声大哭，说了一句："王娘，你等着我，我要娶你！"

天鉴回到县衙，好多时间再没有光顾小店，带了跛腿的衙役走了趟西流河的下游口岸，于那一棵分明见粗的山桃树下，焚化了十刀麻纸。衙役不解为何焚纸，天鉴说，他来到竺阳已经一年多了，并未回家祭奠过先考先妣，昨日夜梦见他们，所以才在竺阳的边境上给父母亡灵送些阴钱的，说罢，又一次放声大哭。纸钱焚起，黑烟冲上，如一群黑色蝴蝶挂满了桃树枝上，天鉴在心里念叨着他那忠诚的同伙兄弟，他悔恨着自己险些辜负了兄弟的期望，他感念那女人王娘清醒了自己，也祈求着兄弟的在天之灵能护佑着他和这位知己的女人。时当一阵风扫过，竟围着他们旋卷扶摇，浓烟和纸灰就上冲如柱，而他和衙役以及那棵桃树在风卷中纹丝未动，跛腿的衙役吓得面如土色，天鉴笑道：“他答应了，他答应了！”

天鉴离开河岸的时候，再一次留神了河的对岸，甚至对岸的东西尽头，庆幸没有见到那一只默不作声的白色皮毛的狼。

从西流河岸逆行一天，又绕了天竺山根经历四天，走过了二十三个村寨，查看了水渠灌溉，查看了农桑种植。天鉴回到县衙翌日，王娘来过一次，并没有携了香茶，也不是洗涤官服，却于袖口里掏出一个纸折，说：“老爷这一别，已是许多天日未去小店，来打问过一次，说是你去乡间了，老爷公务繁忙，我以后也不便多来打扰，夜里请了南门口算卦的刘铁嘴，我说他写，是叮嘱老爷的一些话，老爷家眷不在，我或许做事唐突，拟家眷之口书了此折，望你耻笑了。”天鉴开折一看，上边密密麻麻写了几页，念下去，竟是：

尔在官，不宜数问家事，道远鸿稀，徒乱人意，正以无家信为平安耳，山僻知县，事简责轻，最足钝人志气，须时时将此心提醒激发。无事寻出有事，有事终归无事。今服官年余，民情熟悉，正好兴利除害。若因地方偏小，上司或存宽恕，偷安藏拙，日成痿痹，是为世界木偶人。无论将来，不克大有所为，即何以对此山谷愚民，且何以无负师门指授？居官者，宜晚眠早起，头梆漱靧，二梆视事，虽无事亦然。庶几习惯成性，后来猝任繁剧，不觉其劳，翻为受用，山路崎岖，历多兽患，涉水尤险，因公出门须多带壮役，持鸟枪夹护，不可省钱减从，自轻民社之身。又，不可于途中旅次过行琐责。此辈跟随，亦有可悯。御之以礼，抚之以思，二者相需，偏倚则害。流民在衙供役者亦然。此辈犹痰乘虚火生，火降水升，仍化为精。痰与精，岂二物而顷刻变化如此，天下无德精而化痰者，皆自吾身生在反身而已。凡遇上司公文，关系地方兴除须设法行之，至万不能为而后已。大抵自己节省，正图为民间兴事，非以节省为身家计，同一节省，其中殊有“义”“利”之分。如此，俸薪须寄回，为岁时祭祖用，倘有参罚，即不必如数寄，毋致上欺祖宗，且可为办事疏忽戒。往省见上司，又必须衣服须如式制就，矫情示俭实非中道。知州去知府尚远，然即属直隶州，即当以知府相待，须小心敬奉，又不可违道干求，尽所当为而已。凡人见得“尽所当为”四字，则无处不可行。官厅聚会，更属是非之场，大县遇小县，未免骄气，彼自器小，与我何预。然切不可以小县傲之，又不可有鄙薄心，须如弟之待兄，如庶子待嫡子，如乡里人上街，事事请教街上人。可否在我斟酌。诚能感人，谦则受益，古今不易之理也。官厅之内，不可自立崖岸与人不和，又不可随人嬉笑，须澄心静坐，思着地方事务。若有要件，更须记清原委，以便传呼对答。山城不得良幕，自办未为不可。但须事事留心，功过有所考验，更须将做错处触类旁通，渐觉过少，乃有进步。偶有微功，益须加勉，不可怀欢喜心，阻人志气。竺阳向图圄空虚，尔到任后颇多禁犯，但须如法处治，不可怀怒恨心，寒暑病痛，亦宜加恤。山中地广人稀，责令垦荒，原属要着，但须不时奖励，切不可差役巡查。如属己业，不可强唤，遽行报官，有愿领执照者，即时给付，不可使书吏措索银钱。日积月累，以图功效。秀才文理晦塞耐烦开导，略有可取，即加奖励，又当出以诚心庄语，不可杂一毫戏漫。此二事，皆难一时见功，须从容为之，不可始勤终倦。种子播地，自有发生。尔在竺阳，正播种子时，但须播一嘉种，俟将来发生耳。知县是亲民官，小邑知县更好亲民。做得一事，民间就沾一事之惠，尤易感恩。古有小邑知县实心为民，造福一两件事，竟血食千百年，土人或呼某郎、某官人、某相公、视彼高位显秩，去来若途人者，何如哉？……

天鉴未等念完，已是热泪满面，激动得说不出一句话来，王娘说："老爷总笑我哭，老爷竟也是爱哭的老爷！"

天鉴没有接她的话，只是久久地看着她，突然发觉王娘在什么地方像他那忠诚的同伙兄弟的，是的，他的兄弟额头不宽，王娘额也不宽，他的兄弟鼻的左侧有浅浅的一颗小痣，王娘也是有的。王娘就是我的兄弟吗，王娘和我那兄弟都是上天派下来监督着我的吗？

天鉴决意要娶王娘。

一切按天鉴的谋望而顺利进行，先是在衙里散布多次去函要远在南方的夫人随他到竺阳来，而娇生惯养的夫人却百般作践一个深山小县有什么待头，有大戏园子吗，有蒸氽炖烩的鱿鱼海参龙虾湖蟹吗，有潮绣苏绣和做工精美的服饰店吗？没米吃怎么办，冬天冷了又不想穿得臃臃肿肿怎么办？“这娘儿们一辈子离不得宠惯着她的那巨豪爹！”天鉴当前县丞、典吏、训导、主簿诸人的面，说，“在她的眼里，一个县令不如一个南方镇上开生药铺的！”县丞诸人也为知县的处境而同情了：“夫人是豪门的金枝玉叶，在她看来竺阳山高水恶、瘴气弥漫，不是人能住的地方，若真能来一趟亲目看看，或许就爱上的。”天鉴说：“金枝玉叶真不如个贫女孟姜女，人家还千里寻夫哭倒长城的！”遂后，天鉴宣布一封信把夫人休了，与其两人分居千里空担虚名，不如解了婚约清静。衙里人知道了这件事，也传到衙外，有人怨那南方夫人眼光短浅，虽金枝玉叶也脱不了妇道人家之见识，有人替当今县令遗憾，南方女人白净如玉婀娜若仙，县令为了竺阳而失却艳福，有人就高兴起来：既然知县已孤单一人，又不知竺阳哪家小姐有一份知县夫人之命了。便有人说：“老爷常到小店品茶，那王娘倒生得花容月貌……”立即有人嗤笑了：“王娘那小狐精儿，活该是妓院的姐儿，老爷挟妓喝酒品茶倒可，哪里就配做了夫人？做夫人的讲究雍容端庄，行不露足，笑不出齿……”但是，当这些长舌妇和长舌男嘲笑着王娘的时候，却发现了王娘于阳光普照日，开了竹窗，临街坐在里边在绣一件披肩了。那竹窗上新换了绿纱，王娘油抹了头发，坐在那里露半个身子，白嫩的脸非笑含笑，鬓边的花乍停还颤，就令街上的妇女好仰首上望，生出几分热羡几分嫉妒，几分疑疑惑惑不敢相信。

城里的百姓，眼里整日盯着哪家突然刷了门石、挂起红灯，听着有一片鞭炮轰天爆地的作响。县衙里的人时时偷读知县的脸面，想逮住个什么风头。但是，半月过去，一月又近，却仍是雾一般的一个谜。

一夜，月明风静，几株梅花幽香暗浮，正是“晚雨”院里好的时光，县丞提了一瓶瑞玉甜酒来与天鉴偎火闲聊，问道：“大人，你是一县之君，总不能没个夫人的，这么大个院落，白日热热闹闹，到了晚上就只你一个也是太清寂了。”天鉴说：“是没个夫人的。”县丞说：“那是在竺阳物色，还是找原籍人氏？”天鉴说：“当然是竺阳县的了。”县丞说：“大人来竺阳时间也不短了，你有过眼的吗？若有，这事就交付我去办。”天鉴说：“不用了。”县丞说：“那么说，大人是已有中意的了！”几杯甜酒下肚，天鉴也晕晕起来，说：“可以这么说吧。”县丞眼眨了眨，从城的东街到了西街，又从四条小巷的北头到南头，那些富裕的，有头有脸的人家都一一估摸了，猜不出是哪一家的小姐。便问："是谁呢?"天鉴狡黠地笑笑："这我不说给你，到时候你就知道了!"

转眼过了腊月，又过了大年，天鉴的生日在二月，王娘小他半轮，生日也在二月，天鉴便选定二月杏花开的日子里将迎亲办事，便让人翻修粉刷起"晚雨"院的房子。一个春节里心情很好，加上水渠通后，稼禾大丰，全县各村社都组织了社虎竹马队每日演出，衙里人要与民同乐，天鉴从正月初一祭拜了天地神君，初二起天天带了衙役去城里城外瞧看热闹。巡检也挺卖力，年节安排了各巡检廨有人留守，他又率巡兵各处查询防火防盗，天鉴始觉他还可以，也托人送去一份年礼。正月初十中午，衙里举行一年一度的赏捐社本，去岁丰收，捐输社本的二百三十七户，但山僻地方，富户绝少，故所捐每名不过七八石，而查社仓规条，捐谷奖赏各有定数，十石以上，地方官给以花红。天鉴奏报上司，申辩原委，上宪垂念瘠邑，鼓励好义，俱准照十石给花红之例。正月初七批详到日，天鉴就无吝小费，失信于民，此日于大堂结彩置酒，人酌酒三行，叩谢，讫，鼓乐送出。赏捐社本后，又嘉奖善良，全年由乡村推尊者，由巡检查出者，感士庶公举，天鉴召之在堂，一一询问，愿乞匾者，给以字祥，不愿者便给礼。热热闹闹忙过半日，天鉴方在"晚雨"院坐定品饮王娘送来的香茶。巡检风风火火赶来，说是牛风寨出了一桩恶案，做儿子的打伤其父，震动乡里，民声鼎沸，他去查看现场，凶犯已缉拿在牢里押着，值新年伊始，又恰是县上嘉奖了善良，此案需速办，以教化民风，否则影响太大。天鉴听之在理，立即升堂，提审凶犯，堂下就跪着了一个蛮横汉子和一个用门板抬着的将死老头。天鉴骂那汉子，“身为人子，不孝敬老子，正月天欢庆春节，倒将其父打成这样，如此忤子，猪狗不如！”汉子说：“老爷只知儿子打了老子，怎不问老子干什么？”天鉴说：“干了什么？”汉子说：“他吃了我老婆的奶。”天鉴道：“天下哪有这等说老子的儿子，再要胡说，先掌了嘴！”衙役就扑上来要用木板掌嘴，老头说：“禀告老爷，你瞧瞧，我只吃了他老婆一口奶，他就这般凶的，他吃了我老婆三年奶，我骂过他一句吗？”天鉴不听则罢，听了勃然大怒，一拍惊堂木叫道：“你这吃草料的老畜生竟有脸说出，真的是越规乱伦，伤风败俗了！”汉子说：“老爷，事情既到这一步，我也不顾丑了，你再问他还干过什么？”天鉴说：“干过什么？”汉子说：“我这老婆，是我的第二个老婆，先头的那个娶到家，我去川里做雇工，走了一年，回去老婆肚子却大了！那时我们下河人不得进川，独家独户住在深山，你问他，我老婆的肚子怎么大的？”天鉴问老汉：“从实招来！”老头说：“我没干的，我只偷看过。”汉子说：“莫非是鬼干的？”老头说：“你那老婆好凶，老虎也近不得身，我给你说过，中堂屋夜里放了尿桶，我睡东厢，起来去尿，忍不住把那东西弄出来或许洒在尿桶沿上了，你老婆睡西厢起来尿，或许是坐在桶沿上沾过去的，她要沾是她的事，与我屁相干，你给老爷说这些赖我不成!”汉子说：“老爷，他说这些谁信哩?”天鉴在堂上听这爷子一来一往争辩，只气得浑身颤抖，这一对无耻父子还有脸在公堂咆哮不已，而他这个知县为自己的县内竟出了这等伤风败俗的事脸上毫无光彩。就喝道：“老畜生，如实招来!”老头只是说没有，天鉴就令衙役上刑，一阵水火杖打过一百二十下，老头竟双腿一蹬死了。衙役说：“老爷，他死了!”天鉴说：“死了?”衙役说：“死了。”天鉴后悔打得太重，却也说：“死得早了些，他要不死，我押他去街上示众了再砍他的头!”也便将汉子押下回牢里去了。

只说这事这么草草了结，不想，那汉子押在牢里，却花言巧语以事成之后相送三百两银子求狱卒给王娘捎个口信让为他向知县老爷说情。狱卒说：“王娘倒是热心为人办事的，可她一个平民寡妇怎么能去给知县求情?”汉子说：“听说王娘与知县熟好，她说话会起作用的。”狱卒说：“呸，就是王娘与知县熟好，你这等行为，谁肯替你说话?”汉子说：“我与王娘关系不一般的。”狱卒问：“她是你亲戚?”汉子说：“哪是亲戚，王娘就是我第一个老婆！我虽然打了她一顿，打得流产出那个孽种赶出了她，但今日我下在牢里受罪，她总不能不念前情吧?”狱卒听了，不敢隐瞒，告知了巡检，巡检复来说给天鉴，天鉴当下身子发软，哎哟一声就昏了。

王娘自然没有为一个罪犯而找天鉴求情，甚至前夫的话狱卒传也没有传给她，但沸沸扬扬地街谈巷议使她羞愧了。人们已经知道了她的身世，而又不明不白地落了个与先前老公公乱伦丑事，王娘纵然尖锐厉害，有一身口舌，又能给谁说得清呢？不堪忍受的那两个年岁，王娘自到了竺阳县城，差不多已经将它忘却了，而现在事又重提，且一堆屎越搅越臭，王娘遂沉沦入没底的深渊中了。她怨恨这是命，命是太苦了，一颗鲜活活的白菜让猪拱了，拱得枝叶败烂又肮脏不清！如今恨谁呢，恨那个没廉少耻的公公，恨那个蛮横蠢笨的丈夫，她王娘恨过了，恨到已恨不起来的地步，她恨她自己了。走出了牢笼，无拘无束地过平民寡妇的日子，或许别人的眼里是自己贱，野，不是好女人，但那里偶然说说也就罢了，王娘活得也能自在，而偏偏自己遇到了知县老爷，老爷又偏偏钟情于她，是知县老爷使她改变了自己，认识到了自身的价值，新生了新的生活的憧憬，可现在即将要成为知县夫人的王娘将身世弄到了这一份的龌龊肮脏，自己在知县心中的形象变成了什么样呢，而竺阳一县的百姓又会怎样看待这个有着如此夫人的知县呢？

可怜的王娘在家里睡下了三天三夜，又存一点侥幸：那打伤老子的罪犯或许不是前夫，或许就是前夫他哪里还有脸面来求我呢？这一切风言风语却是乌有，是恶人的谣言吧。而见到街上张贴的判处罪犯的布告上明明写着前夫的名字，紧接着巡检大人派人宣布了不准她再开张饭店，以不公开张扬为由，封条贴在临街正门上的时候，王娘彻底地绝望了。

王娘没了脸面再去衙里找天鉴申诉原委，也自动地从心底勾销了知县老爷二月里来大轿接娶她的奢望，一件已经绣好的披肩抱在怀里，终日关门掩窗在楼上嘤嘤啼哭了。

天鉴判处了罪犯死刑，这死刑或许是太重了，天鉴却不知什么缘故，那一刻里觉得忤子罪大恶极，不杀不足解气愤的。回到“晚雨”院，喝了一壶酒又一壶酒，已不顾了不能酗酒的戒条，身子就瘫得动也不能动，脑袋却十分清晰。王娘是罪犯的前妇是无疑了，以前只道她是寡妇，却从未问过为何致寡，没想到她以前是那么苦的日月！但王娘真的是如前夫所言，是同公公乱伦过吗？那老畜生什么都承认了，就是此事否认，天鉴相信供词是老实的。天鉴这么想着又叹气了，老畜生早不死晚不死，偏偏事情未搞清白人死口灭，留下是一团王娘说不清谁也说不清的雾团！而王娘，出了这么大的事，王娘怎不来申说原委呢？难道王娘心虚，这全是真的吗？

天鉴一想到若是真的，脑子里就是可怕的场景，一个深山老林中的独户，夜深人静，奇丑无比的公公摸到西厢房……天鉴心里发呕，禁不住要吐。但是，但是，天鉴又自省起来了，王娘怀了不是丈夫的孩子，他天鉴当堂打死了伤得奄奄一息的公公，而自己不是也与王娘那个了吗？对于王娘，如果不从情意上讲，他天鉴和那个公公又有什么区别呢？那么，出了这事，是王娘可耻吗，就要责骂唾弃王娘吗？不，不，卑鄙的是那公公，而自己这么颠来倒去地怀疑和审视王娘，天鉴何尝不也卑鄙啊！

天鉴谅解了王娘，就竭力为王娘现时的处境设想，便往小店去找王娘。街上的人稀稀落落，但远远的王娘小店的楼前却涌了许多人，贴了封条的门板上又贴了判处罪犯的布告，有人拿着什么在门前台阶上撒动。天鉴问旁边一人：这些人在那干什么？回答是，王娘原来是不干不净的人，四邻街坊为避霉气，用干草木灰在那店周撒线哩。天鉴发了恨声，却不能发作，望了望那小楼回转衙里，却嘱咐跛腿的衙役在没人时去店里找王娘，让她来衙里见他。衙役去了，又一人回来，手里拿着一大包苦楝木子和三袋香茶，说店前门封了，他转到后门，叫了数声，听见王娘在楼上哭，却就是不回应也不开后门。他还是叫，后窗里就抛下这些东西，还是没露脸儿。

“她不会来见我了。”天鉴看着苦楝木子和香茶，双眼潮红，王娘那事一定是真的了，她没脸来见我，可她不来见我，还记着我要洗涤官服，要喝香茶的呀！王娘，王娘，你都没了脸面来见我，我又怎么好去找你呢?!

过了正月，进入二月，原本是欢天喜地的时光，却成了凄凄惨惨的日子，天鉴明显地消瘦起来，胡子零乱，也不修整，巡检提了一包人参，询问大人年来脸色蜡黄，是不是太劳累了，天鉴几次想责问为什么就封了王娘小店，话到口边，又不好提出，推说伤风了几次，身子觉得是不如先前了。巡检说："大人身子不好，也是身边没有日夜照料的人，如果大人不弃，有句话不知当讲不当讲?"天鉴说："有什么不当讲的?"巡检说："大人来县之后，为政英明，众口皆碑，家母在家常常教训我，说大人是我效法的楷模，只是可怜大人单身孤影，念叨我那小妹若能照料大人，也是姚家的一份荣耀。"天鉴听了，笑笑说："尊母如此爱戴，我盐某实在感激，你可代我回复她老人家，说我永不会忘她的美意，只是盐某才休了家妻，立即再娶，显得不妥，容再过半年一载，盐某方敢考虑此事的。"虽然推托了巡检，天鉴心里却又平添了一份内疚，想自己与王娘交好了那么多时间，私下讲好的二月娶她，如今就这么说出的话无声无息了？王娘就是身世肮脏，那也是以前的事情，虽说与她交好时身世无人知道，但与她交往，分明是清纯可怜之人才到了要娶她的地步，使她一盆火勃勃燃起，而如今她不来见，我也不去见她，那她往后光景怎过，别人怎么说她或许可以顶得住，我不去娶她，她必是再也没有自信力量的，况且我天鉴是什么身世，若这次暴露的不是她而是我，王娘如此对待我，我会怎样呢？

天鉴终于衣帽整齐地骑了驴子往街上走，直奔到小店楼下，顶着刺眼的阳光往上望。楼窗紧严，绿纱下垂。天鉴不能放声呐喊，便咳嗽起来，王娘是听得出他的咳嗽的，果然楼窗开了一个缝儿。天鉴知道他从窗缝儿看不见王娘，王娘却能从窗缝儿看见他，就竭力冲上作笑，使眼神儿。但窗子又轻轻合闭了。

天鉴又勒定毛驴站了一会儿，看阳光下人与驴的投影，泪水差不多要涌下来，突然有人在叫大人。

"大人，"巡检笑嘻嘻地迎面走过来，牵着一匹披了红毡鞍鞯的白马。"今日有什么事吗？"

天鉴说："在衙里闷得久了，今日太阳好，出来走走。"

巡检说："走走好。正要去衙里见你，没想就碰着了，你瞧瞧这匹马怎样？竺阳县不产马，尽是毛驴，州城我那亲戚得了这匹马送我，我怎么能用呢？家母要我献给大人，还让小妹赶制了这副鞍鞯，求大人一定笑纳。竺阳的知县骑毛驴，别的县就小看咱了！"

天鉴不好推辞，也觉得你知县骑驴，巡检坐马，那也不成体统，就说了许多感谢姚母的话，当下以驴易马，溜达几圈，打道回衙。已经走过几步，突然高声说：“你要来见我呀！一定要来见我！”天鉴说这话一语双关，旨在说给王娘听的，巡检回揖道：“遵命了，大人！”

王娘却一连三日并没有来。

王娘不来，天鉴去王娘又不见，天鉴在衙里坐不稳，一个深夜前去撕了小店前门上的封条，脚踢了草木灰撒的线圈，才要打门，街那头有人过来，慌得溜走。第二日巡检来报，说县城治安不好，有人夜里滋扰，竟敢将王娘小店的封条撕了。撕封条谅王娘不敢，但肯定是那些下河人中的痞子所为。天鉴说：那么个小店值得封吗，既然撕了也让那王娘开她的店吧。巡检却说他又重新封上了，自大人上任以来，民风大好，偏出了这个王娘，没扫地出城就够便宜了她，若让她再在城中开店，百姓就会说县衙庇护恶人淫妇。天鉴要辩的话拿不到桌面来，回到“晚雨”院越想越气，什么恶人淫妇，老爷我就是盗匪出身，你瞧瞧老爷的手段吧！于是，这一夜，天鉴本性复发，着了外衣，蒙了面罩，飞檐走壁，翻墙溜门，盗走了巡检家玉石八仙桌内的十根金条，张富户的玉器香炉，教谕家二老双亲备制的寿衣。第二夜，又盗走了训导家娘子的一盒首饰，绢丝店一件锦表。第三夜，又盗走了典史家两百两纹银，抢去了街北巷王家当铺五十两银钱，抢走了三个夜行人的货担，货是山货，将核桃木耳香菇踢得一地。接连三夜，天鉴获得了刺激，痛快至极，想自己久时不干，手脚虽是生硬，但一切如愿，暗笑竺阳城真是边邑小城，天鉴操起旧业，天马行空，独来独往，心性自在真比当知县强了十倍百倍！但也就在这三日里，满城惊慌，被盗之家哭天喊地来衙堂报案，天鉴一边询问失盗情况，一边害起头痛，眼前尽出现白色狼的光团，就晕在堂案上了。众人见知县晕倒，皆说是气怒伤心所致，抚胸灌汤多时，天鉴苏醒，就传巡检来见。巡检一到就跪下了，自责自己失职，怀疑说是有了大盗进了竺阳。天鉴说："竺阳小邑，哪里有大盗在此作案？你查一查，都失了什么东西？"巡检早有清单呈上，天鉴看了，唯独没有他家失盗的十根金条。就问："就这些吗？"巡检说："就这些。"天鉴说："又不是失了什么金条金砖，这么一些小宗财物，哪里就是大盗，你巡检大人在竺阳这么多年，这般小蠡贼子还没镇住吗？"巡检只是诺诺，口里支吾不清。

第四夜里，天鉴在"晚雨"院坐喝了一壶茶，心又烦闷起来，白天里眼前数次出现白光，使他冷静了狂躁的脾性，又借机训斥了巡检，瞧着巡检满面汗流的狼狈相，天鉴是长声浩叹，觉得自己是不该再作那昔日举动了，也不禁觉得自己可笑，弃邪归正了的堂堂知县怎么又去干了那些事体呢？但天鉴恢复了知县的天鉴，天鉴就愁闷见不上王娘，便又出了衙门，这回是骑了马了。骑了马到街上，王娘小店门仍是未开，街上依旧未碰上王娘，就怏怏归来。这么每到晚上，就骑马往街上去，县丞就说：“大人真是清贤之官，竺阳划县以来，前任老爷还从没有夜夜去城里巡逻的。”天鉴暗笑了一声，就势说：“山野小县，又是三省交会地带，人口复杂，常有盗贼呀，前几日一连数夜失盗，我这知县颜面无光哩！有了这匹马，也不费事，夜夜走走，也可镇镇那些毛毛盗匪的。”于是，老爷夜巡成了美德，也成了规矩、习惯。而几天后天鉴夜里将所盗之物，连同巡检家的十根金条，一起丢放在东街小拱桥下，天明被人发现交送衙来，天鉴按失盗清单一一发还，那十根金条清单上没主儿，天鉴就收归县上银库。全城又是一片议论，赞誉知县夜巡，真把盗匪镇住了，不但退还所盗的财物，竟还相送了十根金条。有好事人就制了“正大光明”匾牌，鼓乐喧天地送到衙来。

竺阳县愈是热热闹闹欢呼知县，天鉴愈是心情愁若，每夜骑马从街上巡走，常在街的东头看见了店楼上有了光亮，怀抱了强烈的希望，就将马缰放开，嗒嗒而去，到了楼下，那灯就突然灭了。他在那里勒住马头，马总是一个突兀止步，前蹄跃起要嘶叫一声，就缓缓地走了过去。而回转过来的时候，天鉴又远远看见了亮窗的店楼，再是急速趋前，灯又熄灭。天鉴站在那里，兀自落泪，想王娘是听着马蹄分辨他的来去，但这么灯亮灯灭，是在告诉他不要来见她吗？

若是那一夜王娘在街上等他，或是开了楼窗给他招手，天鉴或许又会想到她那些让他不快的事体来的，而王娘偏不见他，天鉴愈是内疚：是我来见她迟了吗，是我没有及时来见她吗？愈是怀恋王娘，需要见她一面了。

又是一个梅雨季节，天地混沌，泥水汪汪，天鉴不死心，还是照例骑马巡夜，披就的就是当日他要披给王娘的油布。但每次满怀希望而出，失望而归，天鉴在静悄悄的城街上，看见了家家户户门窗早掩、灯火早熄，那些甜甜戏笑和床的支吾之声飘出，他知道这是又到了竺阳县人效法天地而淫浸情意之时，便想到这么个雨夜，王娘是多么冷清和孤寂！返回衙里，垂头丧气到了“晚雨”院，捧了油布想起了那长长的一幕，浑身是一番灼热，一番激昂，遂是一身冷汗，一声长叹。唉唉，王娘呀，王娘，既有今日，为何要有当初呢？王娘这么长时期不见他，王娘是死了心了，王娘死心了，而天鉴该怎么办呢？雨淅淅沥沥下着，这下的是什么雨呢，如果那一次的雨季没有发生那场事，天鉴没有尝过女人的温情柔意，天鉴现在哪有这般愁苦？这是为什么呢，为什么呢？

想天想地也想不出个究竟的天鉴，他终于只能悔恨起自己是个男人，是长有尘根而就有了那种欲望的男人！男人为什么要生这柄尘根，生尘根是为了传宗接代，天鉴并不想有子女传递其脉，天鉴想不透的是上苍造人既有尘根又有了性欲，因此就对女人好感吗，梦魂牵绕演出这一场悲哀吗？天鉴对王娘是太爱了，爱到了世上所有女人皆无颜色，但他却无法与她相见，天鉴现在只有了结这份苦爱，便只有来断这份生之俱来的欲望了！天鉴越想越不可自拔，疯了一般褪下裤子，就用了那块油布包了尘根，一刀砍下去。他疼昏过去，醒来的时候，看见了那血淋淋在地上，天鉴冷笑了："王娘，王娘，咱们就这样完了吗?!"

天鉴托病，睡倒了许多天日养伤。在他自残后为了遮人耳目故意又弄破了手膊，郎中为他敷伤药时他又索要了许多更换的，偷偷自个敷了下体。没了那柄尘根，天鉴再作想到王娘的时候，深自没有了那种异样的不可遏制的感觉，一旦失去这样的感觉，便冷静地只为王娘的命运而可怜同情，想着想着，也就想到王娘也就是一个女人罢了。天下的女人实在是多，那还不是一样吗？站在了旁观的立场，考察这个王娘，她也实在是不大符合做女人的规范，尖舌利齿，风风火火，抛头露面，且不说她有那么多使人不能容忍的劣点，单那一举一动也不大是一个官宦人家妇女的模样。自己为什么那一阵里喜欢她喜欢得神魂颠倒呢？天鉴静下来想这件事，是自己看错了眼吗？是他和她都中魔了吗？那么，这男人和女人到底是怎么回事呢？最后的结论使天鉴坚定了他曾想过的认识：这都是上苍造人时所戏弄人的诡计，就是那个欲了。这如同人吃饭一样，如果没有口味之欲，吃饭纯是一种维系生命的工作，这工作何等辛苦，要种要收，要磨要做，吃时牙咬舌搅喉咽，过胃穿肠还要拉屙，而有了味欲，人就是贪图着味而甘心情愿地去从事吃的一系列劳作了。性欲也不是这样吗，不说繁殖的工作如何繁重，单让你干男女交合之事，那是多么痛苦的单调的事呀，偏偏上苍一个诡计，人就在暂短的欢悦中去出那一份苦力了。看穿了上苍的诡计，世事原来这般简单，天鉴为自己醒悟得意了，天鉴为自己苦苦去见王娘的事而好笑了，也为他自残后的清心而欣欣自慰。

身为官宦的天鉴看穿了性欲的本相，又没有了性欲，但他并不要进化觉寺去当和尚，他还有许多事要干，他是县令，这县令是他从盗匪归正后的结果，多么苦难的岁月终于走到这一步，如今没了那一份性欲，就更不分心思地从事他的政道了。

伤一愈合，天鉴明显地白胖起来，每日都去公堂，有事处事，无事读书，直累得浑身散了架似地歇回到“晚雨”院，躺在床上望着王娘送他的而又书写悬挂的关于为官之道四张条幅，一一自省当日哪一件以此做对了，哪一件还做得不够，就念叨一句“王娘是好人”，然后呼呼睡去。

忽一日发觉，自断了尘根后到现在，竟再没有出现过白狼的光团，没了王娘用苦楝木子汤洗涤官服，官服也从未有虱子出生。那么，当初认识了王娘，是王娘化解了那时的愁闷呢，还是有了王娘而产生了那一系列的烦恼呢？

这时的天鉴就不禁为女人来到这个世间而颤栗了，男人如果是要征服世界，女人则是要征服男人的，狐精化变，愈是移人愈害人，如鸩酒之美艳，如渊潭之静柔。这么想着的天鉴还是要感谢王娘了，是王娘使他终于认识了女人。

于是，天鉴对于所有女人都感到鄙视和厌烦，看什么美丑都是一架骷髅，尤其憎恨那些不顾妇道做出了淫乱之事的女人，但凡断狱，必斩无疑。随后就颁发策令禁止雨雾之天说媒、娶亲、约会，甚至正经夫妇的房事，规定此日为祀天地之时，可以饮乡酒，可以逛庙会，民户在乡村的，百户为里，十户为甲，百长甲长巡查监督，民户在城镇的，巡检巡逻，有违犯者，收监勿论。如此整肃风俗，竺阳为之安静，天鉴就十分得意。天鉴已取消了夜里巡逻的习惯，却喜欢白天骑马上街，他讲究起来，走有走势，坐有坐相，要反复在镜前照耀帽端与衣整，叮嘱众衙役前后等距离的不远不近地相随，他端坐马背之上，扬头挺胸，目光远眺，一只手轻轻叩着鞍鞒，正合了马蹄的节奏，阳光下他瞧着自己的影子也踌躇满怀了。

麦收之后，各村社百姓有闲，开始互走亲戚问候送礼，县衙里自然接收了许多贡献。先是零星私人送知县物品，一日三岔里敲锣打鼓为天鉴抬来一页匾牌，遂是龙生桥里，过风楼里，竹林铺里一个地方一个地方都抬来匾牌。待到收了二十三页匾牌挂在了县衙议政厅里，天鉴笑着对一班公干说："百姓真是好百姓，你做了一点亲民之事，他们就不会忘的。可惜还有十个里，我未尽职哩！"这话传到未送匾牌的十个里，里长就慌了，连夜又制匾抬来。

这一夜里，天鉴叫来县丞欲拨一些银款奖励乡里地方，县丞却为难银款难筹，天鉴便让仓史拿来账簿看额外课程，查了畜税，牙税，地税，乡典史的俸银和养廉银，再查县衙门子、皂隶、轿伞夫、库子、马快、禁卒、膳夫、马夫工食银，就让扣解各项一两一钱银子也就够了。这时巡检起来，说："大人为乡里地方筹赏银大不必这般费心，知县治理英明，地方感恩感德天经地义，而大人是否考虑了把竺阳的丰年盛景禀知给州里呢?"天鉴"哦哦"醒悟，遂取消给乡里地方的赏银，再从知县公费银中，铺司兵银中，孤贫口粮银中，文庙春秋祭银中，武庙春秋祭银中，以及四月内雩祭银、多饮银、五月十三日武庙祭品银、儒学俸工银，廪生二十名的月粮银中各扣解出一两五钱，就交由巡检开出要送的人单、社单，一并办理。

五天后，十二匹驴驮由巡检压着运去州里，天鉴亲自在衙门口，看着一包包丝绸、普皮、生漆、药材、酒肉负上驴背，双手执酒为巡检送行了。驴驮还未走出城门，跛腿的衙役来对天鉴悄声耳语，天鉴好生一愣。

天鉴说：“死了？”

衙役说：“是死了。”

天鉴说：“什么时候死的？”

衙役说：“今早发现的，却不知是什么时候死的。”

天鉴喃喃起来：“死了，她为什么要死呢？”

衙役说：“老爷，现在人已入殓，下午要浮丘到城河那边的山根下的，她不知是何时死的，街坊说死得日子不好。不能入土，要浮丘半年下葬，要么就会犯煞的，你要去见她，她是不会拒绝的了。”

天鉴说：“行的，见见她。”

月明星稀的晚上，天鉴没有骑他的白色大马，只带了跛脚衙役出城门过了西流河，静悄悄地来到了山根下。在一片黑松树林子，一个简易的土墙草棚里，一具棺木就封在那里。两人走近去，天鉴立在棚外，衙役挪开了干垒的门洞石头，棺木并没有钉，只是用绳索捆着，解开了，轻声唤道：“老爷，你要进来吗？”天鉴没有回声走进去，王娘躺在揭开的棺具里。棺具并不长的，王娘却只有棺木的一半，酷似一个干枯的小孩。天鉴见过许多死亡的人，但还未见过这种模样的，她一定是死了十多天或者二十天，骨肉干缩成这样，但是在耗干了所有能量死亡这么久没有腐烂发臭，所以街坊四邻并没有引起注意吧！衙役说，直到今日早上一个老太太突然说：王娘的后门许多日不见开了，她不打水吃饭吗？人们才想起确实是那门很久未打开了，就去敲门，又敲不开，知道要出事了，搭了梯子翻过后院，王娘已经在床上干死了。

“听人说，王娘是躺在床上死的，床头有一面镜子，窗帘开了一条缝儿，镜子正好能反映出窗帘缝外的街面。”衙役说，“老爷，街坊都说王娘临死还爱美，整日要照镜子哩。我猜她是在等着照见巡逻的你哩！”

“等我？”天鉴说，口里支吾不清。天鉴自残之后就再没有巡逻过呀，这王娘真是，我见她时她不见我，我不去了，她又在日日夜夜要听那马蹄和等见我的身影吗？

天鉴一双手伸进去，捧起王娘的脸来，脸松皮枯皱，口眼塌陷，他看了看，又放下去，发现了王娘的身下正是那一件土豹皮。王娘在床上死的，街邻将她入殓时就势以她床上的被褥抱裹了移置棺内吧？天鉴禁不住想起了过去的一切，侧了身在自己怀里掏，掏出一个用一片油布包着的什么，塞在王娘的身下。衙役说：“老爷，你带给王娘一包香粉吗？”

天鉴说：“多嘴！”

衙役没趣，对王娘却说起来：“王娘你也算造化，能得到老爷来看看你。”

天鉴说：“半年之中，你暗中要多来看看，不要让野狼野狗毁了棺木。半年后，我掏钱，你雇人让她入土为安，修一个墓堆吧。”

衙役就哽咽起来了：“老爷，你是县令，不该为一个平民女子下跪的，就让我给王娘跪了磕个头吧？”

天鉴沉沉地往树林子外走，说：“今日这事，不要对外人说起。”一边走一边用手在空中接接，发现天有了落雨，却不知什么时候月和星皆已消失，远处有闷闷的雷。

已到了梅雨季节，但雨终没有下来，零星了几点就住了。十天后，天鉴下令在城十字街心扩建严亭，移植各村社采集的最好的花木，显得十分可观。一年后夏天，天鉴于西流河畔迎接了知州来竺阳避暑，知州十分欣赏严亭四周的花木，天鉴就征集税课，再次扩建，拆除了周围民房，将严亭广场扩大到方圆十八亩地，远运了洛西县虎头山的怪石造假山，又挖了天竺山的各种奇竹、花卉，俨然是一个大的花园。又一年，天鉴娶了巡检的小妹。但常陪州里来客，邻县同僚来园内赏玩，却未携过夫人。忽一日感觉这么一个如江南园林一般的地方，而当初严亭修造得太小，又粗糙土气，便重新翻修一次，修成十二柱的花亭。十二柱花亭修好后，天鉴来看，十分喜欢，却说了一句话：那个坟堆在这里有些不搭配了呢。巡检遂让人平了坟堆，砌了一个大花坛。自此，十字街心真正成为一座赏心悦目胜地；人们再不呼“严亭”而唤竺阳花园了。再一年，知府表彰天鉴治理竺阳“政绩显赫”，呈报省巡抚欲擢升为州里十二个县的总巡检。天鉴得知，在县等候消息，无奈竺阳县境却淫雨绵绵，直下了三月，家家的衣物鞋帽皆生白毛，所有屋顶、墙头都长了绿苔，天鉴下体旧伤复发，痒涨疼痛而死。

1991. 12. 21 下午草完

1992. 1. 12 午改抄完

白　朗

1

这一日天上的太阳毒得如一只滚动着的刺猬，光芒炙烤尖锐，满空的云朵就流出了血似的赤红，地上虚土浮腾，惨白得又像是大火后的灰烬，行走在赛虎岭官道上的一队散乱的人马，差不多只要在一个兵卒的后腿弯撞一下，这个兵卒就要倒下去，整个的队伍也便要倒下去，永远也不想爬起来了。原本是前排的乐队在高一声低一声热闹吹打，马也有精神，队形也整齐。现在，吹鼓手的眼睛已经白多黑少，呼吸着的空气火一样辣，蜇着鼻孔，那吹奏唢呐的凸腮和暴了青筋的粗脖就在一声软一声里陷了下去，最后，乐响变成一种呻吟。一种喘息，几乎在同一刻里熄灭了，唯有一个年幼的小卒还勉强“嘟”地吹动一下，成为沉寂中的一声余音。这是一队衣着不整老幼参差的乌合土匪。以往的变化无常的流浪生活和近日连续的奔跑，又进行了一场残酷的搏杀，他们的面孔全都变得丑恶狰狞，得胜之后的狂热使他们在返回营寨的路上欢声如雷，但狠毒的太阳使他们消耗了最后的活力，当听到最后一声滑稽的唢呐余音，俱被逗乐，这乐却没有声从口中发出，笑容在脸上纵横了一下皱纹即便消失。而恰在这时，有了一声很爆的笑声，朗朗的震响，遂使每一个兵卒掉过头来，霎时间都张口不能合起地木呆了。

笑声是从那一匹银鬃马背上的做了战俘的白朗口中发出的。这位狼牙山寨的大王，一代巨匪枭雄，被护颈短枷铐了双手，身上又缚了绳索，他竟还有这么清朗的笑声！致使身子俯仰，青光头顶上的一排受过戒的香火烫印的蓝痂闪动，无法看清那戒印是十二个还是二十个，哪些是戒印哪些是太阳烤炙而成的紫血水泡？汗水就从他的脸上摇散下来，滴在鞍辔上又溅落地上，尘土里扑扑儿腾起几缕细烟了。

笑声自然使队伍骚乱了，甚至使每一个兵卒感到骇怕，想起了这一位美若妇人的白朗大王，他的俊秀的眉目和清朗的笑声并不是可以让你联想起一种色相的愉悦。黎明里他在酒的沉醉中被七条绳索捆住，因那缚腿的小卒动作稍不麻利，或许是看见了这一张白皙的面孔，光洁的有着戒印的头颅，错觉是尼姑庵的小尼，忍不住动手捏了一下他的脸蛋。白朗一脚踢出正中小卒腹下的恶根上，他就当即倒地死了。他们更听到过有关白朗的英武，每每与官兵作战总有一些人淫笑着向他扑来，他并不动的，只将那一柄短枪抛上抛下如羹匙似地玩，忽一扬手瞄也不瞄地喝一声“左眼”！百米外的对手们的左眼就老鸦啄过一样成一窟窿，他就笑笑地走过去，用短刀剖开死者的衣裤割掉尘根撬塞进各自的口里了。于是，这些兵卒们都紧张起来，下意识地将手按在了腰间的挎刀上，甚至使抬着滑竿的土匪膝盖僵硬，一步在石头上踏空，险些将滑竿上的黑老七掀跌下来。“怎么啦？”黑老七睁开了不满的睡眼。

“回禀寨主，他是在笑哩！”抬滑竿的小匪指着白朗。

黑老七在睡梦中似乎也听到了笑声，回转头来，看见白朗大笑之后笑容仍在脸上保留，而自己的部下全都惊慌失措的神色，不禁恼羞成怒了。吼道：“和尚雏儿，你在笑什么！你以为你是坐在狼牙山寨子里吗，面对着是你的大小喽啰吗？！”

白朗看着黑老七，说：“是吗，真要是你讲的那样，白某就该笑了。”果然又笑了一下。

黑老七几乎在咆哮了：“可你现在是我的战俘，我押解的囚徒！”

白朗说：“那你也就笑一笑吧，我还没见过黑寨主的笑脸呀！在七星镇的局子里你呼红叫绿地赌掷，输了筹片不付钱，债主向你讨要你不言语，一巴掌原本要扇出你的话来却扇出你口里的一枚铜板，你那时没有笑过的。你做了寨主，抬着虎皮鹿肉来狼牙山朝拜，我让你坐在那一块冷木墩上你也是没有笑过的。散发纸烟偏又不散发给你，我记得你那时还是没有笑过的。今日你报了木墩纸烟之仇，你真是该笑一笑了吧?”

白朗说着的时候，声音还是那么的柔脆，美目飞动，和颜悦色，甚至说完了将头偏向一边，看着乐队中的那个吹奏了唢呐余音的年幼的吹手，为他头上戴的干枯了的柳条帽圈和额上贴的薄荷叶片所乐，便把一只好看的右眼那么一映。年幼的吹手静静地听了白朗的话，他已经不觉得这个枭雄白朗，不，都叫着是白狼的恐怖，反觉他和蔼可亲了。他是听得懂白朗的话的，知道赛虎岭十二个山大王最厉害的一个大王在攻克了官府管辖的盐池后于狼牙山摆酒宴的情景，那时候，他跟随着他们的寨主最早一个上的狼牙山，却等待着另外十个山主都到齐了坐在熊皮圈椅上，而他山主却只坐了一个木墩。那一阵的白朗武功是多么卓著，第一个在赛虎岭树起王旗，又独自一家攻克了盐池，谁不在欢呼着他王中之王呢?可他出来接待众山之主，着的是一件白色的团龙长衣，登的是一双白色的深面起跟鞋，持的是一把白绫竹扇，他愈是把自己打扮成素雅的风流倜傥的秀才模样，愈使所有的人为上天偏把一身超群的武功和一副绝伦的容貌造就成一人而感叹了！白朗哈哈大笑，他并不一一回礼众王，亦不设了烟灯烟具让来宾过足一顿烟泡的瘾，而是朗声高叫说他得到了盐监官的香烟，要让各位开开眼界，尝个新鲜。众山主是听说过这种香烟，但未见过更未吸过，一齐睁开了双眼等待狼牙山寨主来发散了，白朗却没有走过去，依然站在高石台上，手一扬，空中数道白光，一根二根纸卷的两头一般粗细的烟支竟端端立栽在各人面前的桌子上。在座的十一个山主站起来十个拱拳致谢，唯独黑老七没有站起，因为黑老七面前的桌子上没有香烟，一张油汗的肥脸由红到白，由白到黑，末了将一口唾沫吐出来，唾沫里有了一颗咬碎了的牙齿。作想着这一幕的年幼的吹手此时万没想到这做了囚徒的白朗，现在仍高傲不逊，气宇不减，这才是大英雄的风范，做人就该做这样的人杰！遂也以右眼映眨来回报了马背上的那一位白面和尚了。

黑老七看见了两人的动作，他愤怒着喝令年幼的吹手到他的滑竿前来，一伸手啪地扇去个耳光，同时叫道："把绳拉紧！鼓乐齐鸣，让赛虎岭所有的山头都瞧瞧，谁个才是王中之王！"

银鬃大马左右的四个兵卒同时努力，那缚在身上的四条大绳即被扯紧，纵然马能被他双腿暗中加劲倏乎脱奔，绳索亦会扯石夯一样拉他下来。立时白朗像一截木桩被四方的力量固定在马上，一丝也不能动了。

队伍继续前行，僵着身子高坐在马背之上的白朗被夹在队伍的中间，他们经过了赛虎岭最高的一段山梁道上。队形就衬印在火红的天幕上形成巨大的剪影，使得散居于沟岔的山民，远处以石以木所修造的寨堡上远眺的土匪，都产生了这支队伍的统帅并不是黑老七而是狼牙山寨主的感觉。最后，这种感觉连白朗自己也有了。多少年里，在百里方圆的山地上，他和他的一帮大小兄弟踏遍了每一条沟岔里的每一块石头，杀恶人，劫豪舍，突然地敲开某一家财东的双环大门，便将雪光锃亮的钢刀扎在桌面上，看着那主人从夹墙里地窖里搬出铜银细软，尤其是摘下了主人的茜红色的包巾，剥下姨太们绣花小鞋，出得门来连同那一半的银铜沿村街天女散花般地向穷人撒去，那是多么痛快的事体！而又在某一个风高云低的黎明，大块地吃了肉，大碗地吃了酒，领人层层喝开寨栅，踅出围墙，下山岗，突袭到官府驻扎的众小校营房布幔，见人杀头，遇马砍腿，让污血扑扑地溅满一身，用刀挑了用铁丝串起的二十个三十个耳朵在山坡上论功行赏，那场景是多么辉煌奇艳！可是，那时候竟疏忽了观赏这壮丽的赛虎岭的风光，甚至连这么想过也不曾有。现在于马背上看万山起伏，深若大海，赤日的腐蚀之下，红如炉铁，那沟沟岔岔淌流的溪水又如血道，白朗的脑子里就要浮现起魏家坪姚大掌柜脖子上的红蚯蚓了。是的，那也是这么一个晌午，家存万贯的姚大掌柜正纳一房小妾，一顶花轿才抬进门，他便领着人马踏进去，瞧见了花轿里坐着的是一位何等娇艳的少女，而姚大掌柜却是满口没齿的枯丑老头，不知出于一种什么原因，他白朗冲上去先一巴掌扇了老朽在地，再提起来逼要起财物，看见了吓得惊叫一声就昏过去的少女竟产生了无尽的同情，说："把她抬到后房吧！"奸诈的姚大掌柜一面捣米鸡似地伏地磕头，一面却暗示了家人偷溜出去通告镇上的防守官兵，财物还未到手，村口的众兄弟就与官兵血刃起来。他那时怒从胆生，令把姚家十二口男女杀得一个不留，再拿刀慢慢割姚大掌柜的脖子，那血就红蚯蚓一般往下流了。那景象好是刺激，以致多少年里在睡梦中看见，醒来也激动得浑身战抖。也就在杀了姚家，开仓放粮，扬扬得意欲回山寨时，刘松林，他结拜的兄弟，狼牙山的二寨主，却从后房提出来那被纳的小妾，说："大哥，这个就归你了！"他白朗又看了一眼少女，少女实在美不可言，但他把手挥了："她从哪儿来，让她回到哪儿去。"刘松林叫道："那你把她放到后房干什么？知道了。大哥是和尚，不要女人，兄弟就拾掇了！"他训道："我说过了，让回去就回去！"三寨主陆星火跳过来大叫："这么个好东西咱不要也不能让别人享受了去，我一刀劈了也痛快！"一把便撕开了少女的上衣，将半身雪白如凝脂的肤肌暴露出来，刀尖已要划开她的腹乳了。白朗是一茶壶击过去，打落了陆星火的刀，说道："咱虽是土匪，杀人也不能乱杀，她是姚家抢来的妾，可现在还不算姚家的人！"竟一手牵了陆星火就往外走。可是，就为了这一场事，刘松林和陆星火埋怨了他数年，甚至讥笑了他是和尚出身不娶女人，又面如美妇，对女人就下不了手了！可是，又有谁能想到在多少年后，又是为了女人的事坏了他们兄弟的大业，将一个好端端的威武不可一世的狼牙山毁掉呢！

由艳阳之下的赛虎岭的风光使思想浸沉于那一个少女而悲伤起来了的白朗，摇摆了一下头颅，欲要把挂在眉上的汗珠同烦恼一起甩掉，却也为结拜兄弟的讥笑不以为然了。白朗是和尚出身，这他并不忌讳，且一直光洁着头颅，但要说面如美妇，对女人就下不了手吗？他想起了七岁的孤儿在安福寺里做一个小小的和尚，是经历了十年青灯黄卷的寂静，一心要于佛门修成正果，而在他发现了住持造了佛像前的暗坑翻板跌翻了前来烧香供佛的年轻女子藏于地洞行淫的事后，在一个晚课诵经之后住持将一根恶肉企图放在他的体内，他怎样地吼叫着跑出寺院告发了罪恶，又怎样在怒不可遏的村民捣毁了寺院之时，又是他亲自钻入地洞，扼死了那些匿藏得太久，已不能露面的女子，再将住持活埋于地上只露出个头来，驾了马拉的铁耙耙碎了淫贼的脑袋，而使安福寺从此人称耙头寺的。那时节，他白朗才是十八岁！做和尚他是正经和尚，即使后来县署的知县与住持有私交，为了替住持报复，以他不能扼死那些无辜女子为罪而要捕杀他，他一气上山落草，落了草也正是从此开始了他的一生惊天动地的事业啊！可你刘松林，可你陆星火，却又是干了些什么呢?！白朗一怒气把眼睛闭上了。

正午的太阳现在已是滚到了头顶之上，它似乎缩短了与这支队伍的距离，人的影子，马的影子，由大而小乃至全然没有，鼓乐的吹打也不知在什么时候又一次停息了。马背上的白朗感觉到，不停地有人将包袱什么的勾挂于鞍缁下的蹬坠上，企图让马代驮，马却在不停地甩动着长尾，包袱什么的就脱落下去，而立即被几只杂乱的脚踢到了路旁，开始有了低声的叫骂。可怜的押解着白朗的兵卒，原本是各人的背上都带着抢劫来的包袱，或是一件拈绸袍袄，或是一双可以供其在家的老母穿的粽形小鞋，或是项链，巾帻，铜盆，火纸，茶壶，在吵闹叫骂中把被踢掉的东西又捡回来，捡回来了又负担过重，终于力不可支，自骂起自己“好贱”，再骂一声“破玩意儿”，遂又抛去。一时间人人都相互感染，把乱七八糟的东西一件一件都扔去，只将那些银钱袋子系在湿淋淋的裤腰带上，发出叮叮当当的繁响了。一把白铜的尖嘴细腰的酒壶还挂在一个小卒的背带上，有人就不允许他留着，催他扔掉，小卒不忍，但无法抗拒，摔在地上却用脚狠踩，说：“我不能拿，谁也不能拿的!”一脚再踢飞到草丛中去了。白朗在喀唧唧的踢声中把眼睁开，看见了那一只踩扁了的酒壶，认得了这是他在盐池喝酒时用过的那只，见壶思酒，好杯的白朗五脏六腑就翻腾起来了，几乎同时间也闻到了酒香。是酒香，一点不错的！白朗巡睨着马之前后的兵卒，兵卒并没有喝酒的，却皆在拿一种渴馋馋的目光望着前边滑竿里的黑老七而腭下陷下坑儿来了。黑老七是在喝酒了，他已脱了上衣，一胸的黑毛，仰头将一只葫芦里的酒往口里倒。但是，一看见黑老七的嘴的四周的短胡上沾满了酒里的红汁，白朗的脸第一回惨白了！在盐池的池神日神风神的三神殿里，正是他下令众兄弟一醉方休，才使反目为仇了的黑老七偷袭得逞，当他醉得玉山倾倒，一个小兄弟踉踉跄跄跑来报告黑老七的人马围了大殿杀了许多兄弟，他白朗还在说：你也喝醉了吧?！可黑老七就进了屋，几条绳索捆翻了他。待他清醒过来，黑老七正拿着一颗艳红红的人心，刀划了往酒葫芦中滴，那个小兄弟开了膛倒在地上……

思想到这里的白朗，顿时失却了喝酒的欲望而英雄气短了，强烈的阳光蒸发着万山丛岭，满世界里似乎有丝丝缕缕的白线在晃动，苍苍莽莽的浩叹中，他极力将目光向天边望去。那一片火红的山峦中突兀的峰柱是他的狼牙山吗？是的，隐隐约约的用青石条砌起的寨墙还在，粗木搭成的可以瞭望众山头又可以燃了狼烟召呼众山头的信号架还在，便是那一座天元寺的石塔还巍峨不倒啊！唉唉，怎样的一个英雄的白朗，叱咤风云了十年，官府没有拿下他，十个山头上各有绝技的山主没有伤害他，而是自己最看不起的地坑堡的黑老七在自己保卫了赛虎岭也同时保护了地坑堡的今日反算计了他，这最是白朗不可思量，尤感愤怒随之莫大悲哀的事了！这个时候，白朗真的后悔起不该在攻克了盐池又离开狼牙山寨去盐池的三神殿。他想起了离开耙头寺落草之后，他的声名是多么震响，远近都在播扬着一个叫白朗的和尚。但将白朗却转音为白狼，他先是讨厌了，找着一位算命的老妪推算八字，老妪却说叫白狼最好，要成大事就去占据赛虎岭的狼牙山，占狼牙山则吉，离狼牙山则凶。他上了狼牙山安营扎寨，果然事事顺利，且山上的天元寺虽寺毁而有塔存，也合于他这当过和尚的人的心意。此塔为五百年的古物，二百年前地震裂成两半截，就在他去后的又一次地震中塔竟裂而复合，这奇迹的出现也遂使他威名更远，谁一望见那塔也要不寒而栗。他在他的寨上插着大旗，旗面上就用白布绣着一个白色狼头，而他的大小数千名兄弟的衣襟上，也皆缀有狼头标志。但是，他为了把官兵更远地赶出赛虎岭，为了不让盐池被盐监官统治而使所有的贫民都能吃上盐，做盐的生意，他忘记了老妪的叮咛下住到了盐池来，才遭到了黑老七的暗袭。黑老七，算是什么东西！如果这次没有离开狼牙山寨，即便山寨上再没有别人，单凭他一柄短枪，黑老七的人马能攻上来一个吗？即使他去了三神殿如果不喝得酩酊大醉或是喝醉了不将短枪挂在柱子上，黑老七能近得身吗？在他被擒的昨晚，也就是在黑老七刀刃小兄弟的那一时间，三神殿剧烈地抖动了，门环摇响，窗纸绷裂，他估摸着这又是地震了，遂大笑着这是天意，也大笑着他将和黑老七一块在房舍的倒坍中死去，但随之一切又恢复了平稳。这阵做了囚徒的白朗，在马上遥眺着狼牙山上的天元塔，吃惊的竟是一塔为二，早年复合的塔身又几乎是从塔底裂开，犹如两柄刺天的刀剑！好呀，这全是兆应了，他是不该离开狼牙山的。可是，塔裂根而不倒，他白朗的气数并没有尽吧？长了志气的白朗精神为之一振了，在心里骂道："黑老七，狗贼！你能把我怎样呢，狼牙山寨的人死的死，散的散，但只我白朗还在，你就瞧着吧！"

就在白朗耸了耸肩，愈发挺直身子的时候，山梁道的两旁陆续围观来了一些百姓，他们的长舌往日在传播着枭雄的武功，想象着他是一位凶神和恶煞，夜半狗咬就以为是他进了村，某人被杀也以为是他所为，以至于相互咒骂了，骂了绝死鬼的传死鬼的龙抓的熊挖的就也要骂出门碰上白狼的，连孩子们啼哭不止唬一声"白狼来了"，啼哭也顿时噤声。如今听说白狼被擒，骇惊之余就都来围观，全不顾兵卒的呵斥使劲往近挤，要清清楚楚看这位快要横尸的枭雄是怎样的一个狰狞面目，但他们差不多在瞬间里失望了疑惑了甚至多少有了一点愤慨。

"杀盐监官的难道就是他吗？白狼哪儿能是戏台上的小生呢?!"

“他还是个和尚呀!”

一个女人就尖声叫起来了:“瞧呀,他那光亮的额头和高耸的鼻梁以及丰润的嘴唇,妇人也没这般俊俏呀!”

“是吗?”旁观的人群中有着闲汉,为着女人的轻狂而嫉妒了。“老板娘,你也是想着能和他睡觉吗?”

“睡觉又怎么着?!”女人低声咕嘟了一句,拨开人群撵着马的步伐看着白朗,便伸手将头上的一支已经枯干了的野蔷薇拔下来,斜倾了身子企图在马匹稍偏过来时丢上白朗的腿上或马的银鬃里。但兵卒在她的屁股上踢了一脚,把她踢倒了。马背上的白朗似乎听到了围观者的议论,但他并没有注意到这个女人的媚眼和已经探出在口唇处的舌尖,当那朵丢过来的野蔷薇在他的眼前一晃落到地上去后,他听见了黑老七在粗声叫喊:“把他的脸抹脏!用泥抹他个三花脸!”刹那间一片寂静,没人敢挖了泥来涂抹,但随之四面八方飞来了虚土,他眯着眼睛扫见了兵卒和那些围观的闲汉都抓了尘土向他掷来,落粘在他的汗脸上,只有女人在嘤嘤地哭了。

瞬间受到污辱的白朗将双目紧闭了,睁开眼来,一只几乎是涂上了炉火一样的光泽的苍鹰从空中掠过,原本要做一个勇猛的俯冲,却寂然地停伏在一块突兀的岩石上如一疙瘩树根了。这一景恰被白朗看得清楚,心中不免被尖锐之物所刺,以鹰而自比了。就是这鹰曾经驮着朝霞飞度过万重山吗?曾经呼啸着从高空冲下抓住了草丛中的蟒蛇，又从高空绳一样将蛇摔死在石板上吗？但它热浪下伏于崖头，非凡的勇猛与它不符，而如果它受伤坠入谷洼，兔子又会怎样地撕咬它，蚂蚁又会怎样地爬满全身?！而那些参与了抓土弄脏他的脸面的围观的人们继续撵着队伍走动，且开始了大声欢叫着：“白狼大王！白狼大王！”白朗在一阵痛楚之后心里又泛上了一层清傲之气。他想，这些人并不是要污辱了我，他们看到的这个汗水搅了尘土形如恶豹之脸的白朗才是心目中真正的白狼枭雄而心理满足了。可不是吗，在他往日威风下山，带领了大小兄弟冲向官兵阵营，刘松林和陆星火也常要他戴上一具凶丑奇异的面具的。白朗就在这此起彼伏的欢叫中把头颅仰得更高了。

黑老七终于喝令着兵卒将围观的人赶散了。没有了围观人的刺激的这支解押的队伍又完全沉于寂静，急促地喘息，叮当的钱袋繁响，同时在没死没活的矮树上长嘶的蝉叫声里，兵卒们感觉到被太阳晒瘪将要一个趔趄跌倒再也爬不起来了。在看着他们的山主又在喝着葫芦里的血酒，就有人喊了声“杏林！”皆口目大睁，急应：“在哪儿?”“在前边。”杏之解渴使他们的脚步加速，但赛虎岭哪儿有杏林呢，就是有一片杏林，在七月的天气里树上哪儿还会有可口的杏果呢？被搞懵了的兵卒在快速了半里之地后醒悟过来，开始咒骂起多嘴的某一位了，甚至动起手脚，结果就有三个和四个厮打起来，将枯了叶的柳条帽摔掉，将拳头擂到了腮上，血和断折的牙齿吐出来，而裤腰带上的钱袋就从力小的身上系到力大者身上了。他们如驴打滚一样在这样的厮打中恢复着活力，在流血和抢夺的刺激中消除了疲劳，连黑老七也不斥责，反倒愉目而视。山主的放纵使兵卒更加松懈起来，终于在走到一处叫二岔峁的地方。唯一的一处小小的细泉，而趴过去吵吵闹闹渴饮了。泉是在土穴中聚了一个浅潭，沿潭下注一道流渠去了山下，潭的四周连同流渠就苍蝇般地爬满兵卒。得到水的喝了一捧又一捧，有的干脆将头埋进去长饮不起，未喝到的就从身后往前扑，人垒人高，下边的爬不起来，抓泥往上扬，性急的便跳进潭去双脚乱踩，水成泥浆，一时谁也不能再喝了。在白朗的马的前后左右各拉持绳索的小卒腮根不断显出小坑，但重任在身，他们不能前去渴饮，白朗就说话了："放开绳，你们也喝去吧，我不会跑掉的。"

四个小徒疑惑地看着他，不相信这是真实，愈发用劲拉直了绳索。半路上被惩罚了的因挨山主的巴掌肿了腮帮不能吹唢呐的那一位吹手，恰已换作拉绳中的一个，听了他的话，终于说："白狼大王，我们知道你是不会为难我们的，我们把你缚在石头上，你可不能跑呀！"

白朗说："好的，把马的缰绳也缚在树上吧。"

四边的绳索和马的缰绳分别缚系在石和树上，小徒们喝水去了，待捧着滚圆的肚子过来，那年幼的曾是吹手的竟以一页槲叶折成小斗盛了泉水来搭在他的嘴唇前，白朗的眼睛潮湿了，看着一边往下滴着，斗里愈来愈少几乎只剩下一小口的清水，他说不出话来。小徒说："快喝呀，要漏完了！"他把嘴凑上去，但斗中的水确实漏完了，但他对这个小徒无限地敬爱，说声谢谢，还挤眏了一下右眼。

"我曾经是要去吃你的粮的！"小徒突然低声说："三年前我就在这儿看见你领着人从那条沟走下去的，我去撵没有撵上，后来黑山主的队伍过来了，我才跟了他……"

三年前？白朗搜索着记忆，觉得这一条小沟他似乎并没有走过。他说："从这里下去的小沟是什么名字呢？"

"是羊肠沟，大王你记不起来了吗？那是一个傍晚，才下过一场雨，西天上烧起一片红云。"小徒认真地说，遗憾得耸了几次肩。

"这条小沟可以通到盐池的西禁门吗？"

哦，白朗终于记起来了，是有一个傍晚，他率领部下企图去山下的盐池攻克西禁门的，但那次他们是失败了，西禁门外的巡马道上的巡夫发现了他们，十里长的护池墙上的烽火台节节引动了一柱狼烟，盐监的兵马严阵以待了。但是，也就在又是三年后的一日，即前七天里，他白朗的人马摸黑赶到了盐池外，偷渡护池河，隐蔽于巡马道，将长长的绳圈套住了每一个巡逻而过的兵卒的脖颈拉下马来，直到兵力冲进西禁门和东禁门，刘松林和陆星火于兵营收拢所有的刀枪，一声呐喊将赤条条的官兵从床上拉下逼进一畦盐池水中时，他白朗也冲进了盐监的府中轻而易举地把盐监的头剃了。这一夜是何等的壮观，所有的盐工从睡梦中惊醒，也拿了铁锨、木铲、卤水斗子参加到他们的队列，到处是燃烧起来的火光，随处可见官兵滚落的头颅，守驻在北禁门和南禁门的官兵见大势已去纷纷逃散，十多里的盐池内顿时齐声呐喊，有锣鼓的敲锣鼓，有鞭炮的放鞭炮，甚至将所有的盆盆罐罐、簸箕、木板也敲打起来，直至天明。天明，四村八乡的百姓推开了十二处护墙蜂拥而进，他们在那一畦一畦盐水池之间的晒盐场上，扒开了盐堆上的一层泥盖，将盐块用驴子驮，用口袋装，用篮子提，连穿着开裆裤的小儿与没齿的老妪也怀抱五块六块盐来往不绝。白朗那一时是骑了马在人群中巡走，为这种抢盐的场面所万千感慨了。守着这天然的宝池，盐池四周的百姓却终年没有盐吃，成百成千的盐工一旦被抓进这护池墙内就一辈子不能出去，在这里造盐，整车整车的白花花的盐运到县城，又运到京城，而百姓吃盐反以高价买购又同时负担着沉重的盐课。现在忙乱抢盐的人们看见了天神一般的白朗骑马走过，他们齐压压跪下来给他磕头，不怕巨匪，枭雄万岁，许多青年壮年就要投他而去，吃粮上山。他记得一个老妪并没有抢盐，而和一个青年拿了小镢在一畦退了水的盐板层上认真挖掘，后来就以头巾包裹了来到他面前。老妪说，她七十了，她的儿子十年前被抓了盐工再没回家，攻克了盐池母子才相见，她万万没有想到在她活着还能再见到她的儿子！“菩萨大王，我寻着了我儿子，儿子要我们也去抢些盐，我没有去，我要他快挖些盐根子，我儿子是懂得盐根子的，这盐根子是药，有什么病病灾灾吃一点就会好的！我母子挖寻到这一点，菩萨大王你收下吧！”他接受了母子的礼品，纵马在池畔上奔跑起来，得意忘言了的白朗啊啊叫着，他为着天水相接的一畦一畦因盐之浓淡度而池水红黄绿蓝白呈现的奇丽的色泽发狂，也为着自己的惊天动地的英雄业绩而发狂。他仰天大笑。从马背上竟摔到地上，在池水里也想看一看这英雄就是他吗？水面上一张俊俏之脸正对着他，想到了老妪的“菩萨大王”动听的称谓，不禁在心里说：历史上多少名留青史的英雄豪杰也莫过如此吧？而哪一个英雄豪杰又是有着如菩萨一样的花容月貌呢?!

但是，但是，想到了这一幕的白朗心中隐隐地作痛起来了。攻克了盐池，雄心勃勃的他预想着下一步怎样地蓄积力量再扩大地域，怎样去联合十一个山头共同发兵攻克县城，要使这皇天后土之下的县境完全是另一个天下，却一切都被女人牺牲去了！女人，女人，白朗在心中叫道，女人真是英雄的罪恶吗？就在他陶醉于盐池风光和自己的英武的时候，刘松林和陆星火策马来说他们在三神殿的盐监家府里将三十二口家眷全尽杀戮，只留下两个如花似玉的女儿，那女儿实在长得美妙无比，他们也要像大哥一样不忍杀掉，但要求大哥允许他们将那雌儿作了他们的夫人。白朗当然是不能答应的，他分析着攻克了盐池，官府肯定要从外地调集兵马来收复，官府丢了盐池如同丢了命根是不可能这么容忍失去敛财的盐课的，那么，一场恶斗还在后边，若有了家室，迷醉于女色，而上行下效起来狼牙山寨还会像现在这般战无不胜吗？狼牙山寨之所以能战无不胜，凭的并不是兵多将广，而是一人强似十人的剽悍。再说，咱们杀了盐监官满门，只留下他的女儿，这女儿能俯首顺从地做了仇人的夫人而生儿育女吗？刘松林、陆星火却不以为然了，他们浸淫到女色之中，只强调那女儿的美丽人间少有，说他们上山落草难道就是当一辈子光棍不成？今生今世虽是没了好的声名，亦不能当官作宦，但大碗吃酒大块吃肉拥抱美人却也不枉做了一世的山之大王！他们甚至说大哥出家之人，十年的吃斋念佛青灯打坐当然没有了肉色之欲，可他们是能吃生肉能喝生血的混世魔王怎么忍受另一种的饥渴？上一回杀进姚家要留下那美女子大哥不允，如今若再不允，当和尚的哥哥可以不要儿子孙子，但他们的种族的香火要续，不愿做一个绝户鬼的。两位兄弟的话使白朗异常生气，他白朗，当了和尚真就如阉割了的宦官再没有七情六欲吗？有清眉秀目就必是在那一方面无能无耐是一个伪男人吗？他说之以理而两个兄弟不能听进去，他就发了脾气，命令去将那两个女子提来当众砍了算了。刘松林和陆星火杳杳地走了，他们并没有把女子提来，却分别携着远走高飞了。正是于此，狼牙山的实力大减，也正是于此，好强的白朗偏要在狼牙山摆酒宴又在酒宴上戏弄了黑老七，又为着意气再次到盐池去观看盐工们在三神殿新塑的又一尊他的神像，而落到这步田地了。

“刘松林，陆星火，两个没出息的东西啊!”

白朗在心里千百万次地咒骂起他的结拜兄弟了。如果要论仇恨，白朗最感伤心也最不能饶恕的倒不是黑老七。而是刘陆二人！当年他们在狼牙山相见，跪拜于高山之顶，风送松涛，杜鹃啼血，说定了生不同时死则同穴，原来这一切皆小儿的信口雌黄?！从狼牙山起根发苗的三个人，千辛万苦才发展到数千人马，杀出了清平的赛虎岭，攻克了偌大的盐池，闹得石破天惊，到头来为一个女人就什么也不要了？一直不以土匪自视的白朗不禁在感叹着狼牙山寨还确确实实是些土匪了！啊啊，世界上原本是更多的人可以干一番大事业的，就这样常常被金钱、地位、女人和狭小的意气所毁于一旦的了！

心绪翻腾不已的玉面英雄，扭动着头颈再一次看了万山涌伏的天边，看了一眼在艳阳辉映下迷迷蒙蒙的狼牙山寨中的天元寺塔，和山下那一带闪亮的盐池水面，欲再吁出一口英雄浩气，却先有一颗大而热的泪珠落了下来。

2

第二天醒来，白朗已是在一间很净洁的房间。四面的一人多高的长形花菱窗上糊上了麻纸，经朝阳的照耀亮而发红，自己和衣躺倒着的则是在一面铺张了虎皮大毡上的一领竹皮凉席上，那有双耳的青花瓷罐歪在床首桌面，桌面上摊流一块并未晾干的酒渍。他约莫记起昨晚的子时被带到了这里，然后就有人抱了这酒罐进来，不说一句话地出去了。白朗猜想这是到了黑老七的巢窝地坑堡，却不知这是一个什么样的地方，又是怎样走进来的。这些，白朗全然不管了，他看见了酒，就只图吃个痛快，竟抱了瓷罐一大口一大口灌下去沉沉大醉了。他爬起身要坐起来，一阵哗啦啦响动，原来手脚上现已锁上了铁链，且链长异常，可以自由活动却不能腾跃飞奔了。酒醉之后给他戴这么长的脚手镣铐，看样子，赤手空拳的一个他被关在了地坑堡的巢窝里，黑老七仍是恐惧着他，白朗不觉得很得意了。

白朗再一次抱了酒罐，饮干了剩余的残酒，脑袋愈发清楚了，抖响着镣铐将花窗一扇扇打开朝外瞧看，才知道他是在一座三层高的诵经楼的顶间。地坑堡确实是在一个地坑里，赛虎岭至此特出层岗，复坡垒垒，下垂至山麓忽陡而洼，形成了下陷二十米三十米齐楞楞的东西长约四百米，南北千米有余的圆形坑状。在四周的土塄上，寸草没有生长，光溜溜连兔子也没法跳下来吧，且在外塄上修筑了约三米宽的高墙，每隔一米又一土堡，站立了一个持刀的兵卒，而在堡墙外的远远的东西南北四角恰恰自然形成了四个不高亦不算低的土峁，都驻守了嘹哨警卫的喽啰。白朗没有来过这里，却早听说黑老七占据的是一位曾在某朝某代的翰林晚年归隐的宅居，它虽不能像狼牙山那样遗世独立，登山口上一夫把守万夫莫开，但他现在看到的这种以深求高，于坑洼的南边斜着凿出一洞出入，用大青石修建的堡门楼一旦关闭，也可谓是一个固若金汤的好堡寨了。堡内的屋舍分为七进连环大院，有泉亭，有家庙，有祠堂，这一座诵经楼破旧是破旧了，但顶端檐角齐整，风铃依存，那佛龛，那案桌，那香炉蒲团青灯檠盘佛珠磬碗还一揽堆集在墙角，白朗不觉想到不识一文的粗莽黑老七住在这里倒比更多的赛虎岭的山主们有几分斯文，也有几分滑稽了。但白朗疑惑的是，黑老七将他押解来，即使不让他很快死去也该下到地牢里，放入冷窟中，好好羞辱折磨他的，却使他住在了地坑堡最风光的楼上睡舒适的床铺且有酒吃，差一点是要让他回到往昔的和尚生涯了！他仔细地察看楼下每一进深宅大院，不知道黑老七是居住在哪个院里，而楼下的周围站了三排武装的兵卒，很明显，这是来看守着他的。哼哼，黑老七，白朗在狼牙山是王中之王，今日做了你的囚犯，你还得让老子住在高处，视老子如神哩!

白朗在暂时满足了一颗高傲心性后，到底临窗凄凉了。他白朗毕竟不是来做客的，毕竟已不是佛门的弟子，英雄一世的山大王可可怜怜被戴了铁镣囚在这孤楼上，即使不是囚徒，一个在血与火的搏杀中培养成的他也不能同闺女一样静处幽室啊！窝巢可以是雀燕栖身，而苍鹰在长空才能任性，白朗一时羞愧蒙面，豁啷啷将手脚上的长镣提起来，他要对着那砖砌的墙壁撞去，要结束一颗不屈的头颅。

就在他斜偏了身子一头撞击之时，他停止了，似乎听见了在他脑浆四流地倒在地上，黑老七进来了，踢着他的尸体狂笑：这就是王中之王？就这么死去了！知道要这么死去，何不让我在盐池用刀成全你的英雄之名呢！这话是那么响亮，声声震击着白朗的大脑和心脏，觉得这样死也真是一种屈辱了。且由此觉悟到，古时多少英雄豪杰在战败后引剑自刎，以为死得壮烈，其实这何尝不是一种自我的逃避呢？而后人的这么论说也是一种可怜的怜悯罢了。他们的自刎，生命在最后的一刻里肯定是有了我白朗的这种思想，只是一切都来不及了吧？何况，如果死在战败之后也还勉强说得过去，而自己败之于酒后，再没有寻死的机会，被押解来让成千上万的人目睹了最后再自杀掉，那就是更十分地窝囊了，人们会说白朗受不得折磨受不得羞辱而自杀的，那算什么能屈能伸的大丈夫英雄呢?!

白朗重新回到床上，将脑袋勾起坐了，伸手来搬动桌上的酒罐看里边还有酒没有时，门被突然很响地推开。白朗摸酒罐的手收不回来，索性僵直在桌上，而将目光硬盯在一个固定的地方，做出了凛然的傲慢的神情。来人在门口几乎是迟疑了一下，接着有软软的起落声，木板的地面发出吱吱咯咯的节奏，同时有一股浓烈的香气袭来，白朗的鼻子禁不住皱动了，心里叫道：来的是个女的？

如若进来的是黑老七，一身武人装束，挎了大刀，提了曾是他的那柄短枪，或者换了一身绅士的宽敞绸衫，端了青瓷弯嘴茶壶，白朗这一时是要霍然而起臭骂的，说不定要将偌长的铁镣摔打过去，勒了他的粗短肥脖看那眼珠迸出来舌头吐出来的死相，但进来的却是女的，和尚出身的白朗虽然没有垂头念了阿弥陀佛，却也一时不大自在，泥塑一般固定了身子，眼睫毛则在微微颤动了。

“大王昨夜睡得可好？”女人走到白朗的面前了，娇滴滴地说着，同时矮了截身子双手按在胯下道了个万福。

白朗没有回应，当然也没有去看这女人的眉眼，而眼前却是一团翡翠的绿影，猜想着这是黑老七的丫鬟。他被带到这楼顶来，黑老七是不敢来面对他的，那么，这房间是丫鬟布置的了，这昨夜的酒也是丫鬟所放了。她竟称我还是大王，还给我道万福?！女人却惊叫了：“哎哟，早听说大王好酒，果然将一罐酒一夜间都喝了！既然大王海量，这一罐要是再喝完了你吆喝一声就是。这一碟牛肉不知够不够大王的早餐?”白朗还是没理睬，目光盯在墙壁的一角看起那一只系着细丝努力下坠的蜘蛛。女人却偏地站在他的眼与墙的中间了，香气更是强烈地刺激他鼻子了，白朗出着粗气，兀自将目光高移屋顶，更听见着女人异样的笑，声声颤软如莺。而她在取了没酒的罐子又换上盛了酒的罐子，宽大的软缎袖口甚至滑腻如脂的玉腕竟在骤然间触贴了他搭在桌沿上的手，说句“大王真是傲视一切，做了囚徒也不肯看看我们这些人的”，遂向门口走了，咯吱吱的软步一路渐渐消退。女人一走，僵硬了身子的白朗终于揉了揉鼻子。从女人的香气里，脚步里，白朗何尝不想看看这地坑堡里的丫鬟呢！当年在安福寺他是目不近女色的，到了狼牙山，寨子里也从不纳一个女流，黑老七这里却有伺候的丫鬟，丑陋的黑老七倒是好色，可凭他的模样，这里的丫鬟又能是些什么行状呢？回头来往门口那么一瞥，不想目光相遇的，竟是那女人并没有离去门口，恰恰正媚眼而视，立即给一个娇艳艳的微笑哩。

白朗一下子感到自己的下作了，目光一滑而过到了别处，心里差不多却震惊起来：这丫鬟头上梳了多高的发髻，插一支银打的凤头花钗将一串碎珠怎样地颤巍巍摇晃，一领墨绿隐花软缎长袍紧而不绷地裹了身子，突出的胸位和臀部之连接处，细软几欲一握，最是那粉脸一团，笑脸活活，酒窝浅浅呀，年轻的白朗虽不迷色却阅过的女人不少，还从未见过如此之美妙的！

“大王，你要给我说话吗?”女人趋势献着殷勤又说了。

白朗下了决心，再次塑造自己的孤傲，完全是一尊侧坐的石像。

“那我走了，大王。”女人终于走了。

这一个上午，白朗吃了一碟牛肉，喝了半罐酒，因为没事又接连吃完了那半罐酒后迷迷糊糊倒了床上睡去。但似睡又未彻底睡沉，想这阵的刘松林、陆星火在干什么呢？他们知道做大哥的现在在这儿，知道威风一世的狼牙山寨覆没了吗？由两个兄弟拜倒在女人石榴裙下想到了清晨送酒的丫鬟，蓦然之间，觉得那丫鬟似乎在什么地方见过。可在哪儿见过？又想不起来。就又责骂自己了：这不是很可耻吗？为什么见了一个美貌女人自己就没有勃然怒起，僵直了身子，反要自慰为孤傲清高！真是像丫鬟讲的“不肯瞧我们这些人”似的，那么，为什么在她走了以后又要看人家一眼呢？且喝了人家带的酒，又现在作想起人家觉得在哪儿见过?！过去在安福寺读禅书，书上讲一个老和尚和一个小和尚过河时看到河边一个女人望着河水发愁，老和尚就主动前去把女子抱过河去。两人重新上路已经走了许多时间了，小和尚却问老和尚：“咱们出家人是不该接近女色的，你怎么刚才抱了女子过河呢?”老和尚说：“你还想着她呀?我抱她过河，我早已把她忘了，你没有抱她过河，可你心里现在还在抱着呀!”唉唉，这小和尚又怎么不就是自己的现在呢?白朗气恼地拿拳砸自己头颅，觉得这实在有损于他的英雄气的，就什么也不愿再想下去。

下午里，又是那个丫鬟送了肉馅的包子和一盆小葱豆腐汤，且又换了一罐酒，白朗依然目不旁视，也终不回望她走去的后影。第二天，第三天，都是这丫鬟来送酒饭，来了就更一身鲜艳的服饰，梳一番新的花样的头髻，说许多甜润酥人的话语。因为是经常由这一个丫鬟到这里来，白朗慢慢就不将目光高视屋顶，那么冷眼看她一下，仍不肯回应一句话。而在每一次她放了酒饭坐在他的对面看他狼吞虎咽地吃喝，或是临走时要在他的床铺上用棕刷拂去席上浮尘，他不免也瞧见了她头上的花钗真是纯银铸打，玉腕上戴就的也仍是玛瑙手镯，为着自己的一句话而咯咯发笑时，掏出一块香帕掩口，那香帕竟也是小小的做工十分精致的苏绣品。这种香帕不是本地所产，白朗曾在攻克盐池后在盐监官太太的房里见过，他便疑心这女人不是黑老七的丫鬟了。可不是丫鬟又能是什么人?哪里又会是黑老七的姨太太或女儿什么的能每日两次殷勤送来酒饭吗?精明的白朗实在也有些疑惑了。

又一个晌午，天气闷热异常，白朗洞开四面窗子，外边没一丝凉风进来，浑身烧燥难受。他吃过了酒饭从门里走出来，沿着门外的一段回廊转到楼梯处，那里是数十级台阶，下边有铁栅拦着，且站了三个持刀的面目狰狞的喽啰。他复转回屋，掩了屋门，估摸着还不到吃饭的时候，就脱光衫子，褪掉长裤，只穿件短裤头仰八叉倒在床的凉席上，但就在这时，门偏被推开，那丫鬟笑吟吟走进来，一脸很狐很狐的媚态了。白朗针刺一般先夹了双腿，遂一个肉团跳坐起来，吼道："出去！出去！"

女人却靠在门上把门扇掩合了，眼里是那样的一层光气，说："大王终于说话了！可我不出去呢？"

白朗说："不出去我就把你从窗子甩出去！"

女人说："那你就抱起我甩吧。"

她竟一步步挪近来，挺了丰腴的胸膛，使两个大奶子在衣衫里活活地跃动。白朗差一点扑过去扇她个巴掌，再拦腰提起掼下窗去，但他看到女人微闭了双目等着他的赤身几乎要在那一触间软瘫下去的神色，他在狮子一般地跳下床来时，一个发怔，遂抓了长长的镣铐抛打过去。镣铐没能打着女人，反倒带动了自己往前踉跄了一下，女人到底是一声尖叫，变脸失色地夺门逃了。

但是，白朗在中午没有饭吃，太阳已经落山了酒饭还是没人送来，他骂了一句娘，听着肚子一阵咕咕地饥响，却庆幸自己终是没有赤身时让一个女人坐在房间。酒饭不来，一定是吓坏了那个女人，那么黑老七就该无论如何来见他了。待到晚上，他并不点燃那盏油灯，忍受着饥饿和衣睡去，脚步声却从楼梯口响起，且有光亮愈来愈大，末了，却仍是丫鬟端了一盏擦拭得洁净，灯芯拨得很大的灯檠走了进来。

“大王怎么不点了灯呀，我还以为灯盏里没了油了！”

声音平静柔和，全没有白日受惊的痕迹，白朗倒暗叹女人的非凡，灯檠放在桌上，灯光正映在她的脸上，容颜自比白日多几分艳丽，愈发觉得她的哪儿有些面熟，也愈发觉得她不是地坑堡的丫鬟使女了。女人说：“大王肚子已经很饥了吧？大王是这么一副秀才面孔，凶起来却是恶神一般的了！我是丑陋女子，大王见了就动怒，可晌午你要敲碎了我的脑壳，恐怕今晚你是吃不上酒饭了。”说罢就直勾勾看白朗，将一罐酒和一碟牛肉同三个馒头从篮子取出来，推近了他的面前，还在说：“别那么恶狠狠瞪着我呀，还想打我吗，我想现在的大王怕没有一丝的气力哩！”

白朗确实是没了一丝气力，他第一个念头是不接受女人的酒饭，要硬就硬到底，为了自己的英雄意气，他是永远不吃不喝也能行的。这念头才一闪动，立即又被另一个念头代替，自己说定了不为女人所动，为什么竟和一个女人较劲呢，狼牙山覆没，众兄弟死的死，伤的伤，散的散，他白朗既然不死就要在某一日重整旗鼓，大丈夫有大丈夫的气象，若为一个女人而绝食岂不是小儿举动或是那些读了书的情种的秀才坯吗？他忽地张开双臂把酒罐和饭碟揽了过来，并不抬头的，风扫残云般地吃将起来。女人被他的突变之举震住，开始放浪地嘲笑，又调谑玉面秀才吃相的难看。而白朗，这一刻里则视面前的女人是木雕是泥塑是一块无觉无知的桌子凳子或别的物件，只是更紧地扒饭，更猛地饮酒，发出很大的嗝儿了。女人说："好呀，这才像个山上的大王的。可我说出一句话来，你就不会这么吃了！"

白朗还是抱起了酒罐往口里倒，发出挺响的咂舌声。

"昨日，也就是你大王攻克盐池的第七天，关在这里的第四天，"女人说："官府调了五千兵马把盐池收复回去了。"

白朗一下子停止了饮酒，酒罐在半空举不起又未放得下，灌得满满的一口酒不及咽下，他噎着脖子瞪着女人，遂将酒喷吐了，说："这是真的？"

女人说："瞧，我说你不会再吃喝的，怎么样呢？"

白朗还在说："你要是再作弄我，这酒罐就砸在你头上了。"

女人说："你有这般能耐，就在楼上对付一个女人吗？今晌午我原本是要告知你的，可你差点毁了我的命，我现在是不走了，你把酒罐砸过来吧！"

白朗突然咆哮起来：“黑老七，天杀的贼，你现在知道你的罪恶了吗？你有本事来灭狼牙山寨，你怎不去打杀官兵？你到哪儿去了？你龟儿子躲到哪儿去了?!”酒罐就脱手砸去，但并没有砸在女人的头上，高高掠过头顶直飞出窗口，沉重地在楼下爆碎了。楼下一片惊叫，有杂乱的跑步声和刀械的金属撞磕声，倏乎叭叭枪响，子弹在窗口的上沿将碎砖崩溅到了屋里。

枪声使白朗更加暴怒，在赛虎岭的十二个山头上，十一个寨主都是有一杆铁枪的，而唯一最好的短枪却是白朗，他用这枪，杀掉了多少豪绅巨富，才使赛虎岭一带没了官府的税课粮赋，又是这柄枪在盐池震住了盐监，使那多少官兵被瓮中捉了鳖去，可如今枪到了黑老七的手里在瞄打着他白朗了！白朗扑到了窗口，对着楼下黑糊糊的屋舍和走动的人影，厉声骂道：“黑老七，你狗娘养的打吧！你是还没学会放枪吧，怎么只打在窗沿上?!把盐池丢了，我的打散了的兄弟不会饶了你的，赛虎岭的十个山主也是不会饶掉你的，黑老七！黑王八老七!!”

黑暗里，黑老七在回骂了：“白狼和尚，这枪我是还打不准的，我黑老七是没有你的本事大，可本事大的狼牙山寨主却是我的囚徒关在楼上了！擒了你，你也该明白众山主会懂得敢不敢再惹新的王中王了！”

白朗听了这话，牙齿咯崩崩咬着，却有什么办法呢？短志气了的英雄身子摇晃，从窗口软下来呜呜痛哭了。他为盐池的丢失伤心，也为自己的命运伤心，世界上的事情往往不是毁在明火执仗的对手上，而是毁于并不防备的所谓同盟者手里啊。他再哭出声来的时候，看见了一直看着他咆哮而木呆了的女人，便把气倾泻在她的身上，吼叫着女人为什么还不走？走！将牛肉碟子和馒头一股脑儿地摔打在门口了。

这一个夜晚风高月黑，白朗在楼屋里咒骂着黑老七，把一生从未骂出的粗野之辞都骂了出来，后来就长啸不绝。楼下的黑老七在吆喝着所有兵卒看守好楼的四周，一律则用棉花塞了耳朵，不允许有一个人承接白朗的叫骂：让他在空洞之夜尽情骂吧。没有对应，甚至连一个响动也没有，白朗的叫骂如同笼子里的凶狮，渐渐失却了勇猛和狂躁，骂声嘶哑起来，后变成了呢喃，再后只有拿自己的双手在抽打自己的耳光。黎明时分，白朗倒睡于窗口下的地板上，似死还活地喘着粗气。

白日里当女人又带了丰盛的酒饭进来，他正式和女人说话了：“让黑老七上来！我要他黑老七！”

女人说：“他是不会来见你的。”

“不见我？”白朗凶道，“他龟儿子，松包，他是不敢来见我！”

女人说：“你说得很好，黑老七怕你的，他把楼底用铁丝全网住了，日夜有人在巡看着。”

白朗说：“那他为什么不杀了我，为什么你天天要来送酒饭?!”

女人没有立即回答，脑袋勾下去半晌，方说道：“你是想死吗？要死会有好死的，可你偏这么凶着脸……”

白朗凶过之后却无可奈何地悲哀地叹气了，但女人的话说得含糊不清，且神色鬼诡，没了以往的和颜悦色，白朗觉察出了什么异样。“要死会有好死的”，这是什么意思呢？他看这个女人，认不清楚她的善恶，也不知道她的深浅。当女人再一次来送了酒饭，他依旧只是咒骂黑老七，要黑老七来见他，以此察看女人的反应，了解外面所发生的事情，果然女人说出了黑老七腿上受了伤，正用南瓜瓤敷治的消息。

“是官府的兵马剿过山吗?”白朗立即问。

“那倒还不至于，”女人说，“大王知道一个叫陆星火的贼吗?”

陆星火，结拜的兄弟，为了女人而外逃的家伙！白朗的气冲上来了，说：“不要提他！你是用他来嘲笑我吗?!”

女人说：“我要告知你的是他一个飞镖打伤了我家山主。但他的一条胳膊却也让我家山主一枪打断了！没了胳膊，他还当什么山大王?!听说他为了一个女人外逃的，他既然好色丢下了你这大哥，怎么就对我那么凶狠呢?”

白朗说道：“他被黑老七废了?!”这么叫了一下，再不言语，遂哈哈大笑。这是怎么样的世事呢？正是陆星火和刘松林突然脱离，黑老七才趁机暗算了我，黑老七应该感谢姓陆的才是，却怎么还对他下毒手？也好，也好，一身好本领的陆星火废了，这岂不是一种报应呢！但他白朗不解的是女人说出的最后一句话，他说：“你认识陆星火？他什么时候要杀了你?”

女人显然是被他的提问惊讶了，说：“大王这是一直装糊涂还是真忘了?”

白朗莫名其妙。

“大王真是忘了！”女人叹了一口气，一时喃喃起来，似乎是怨恨了自己数句。“你真是和尚不记女人的事，你不认识我，我可认得你的。那一年在姚家，你总可以记起你的三弟陆星火要刀劈一个花轿里被新纳的小妾吧。”

一时刻里白朗明白眼前的这个女人是谁了。多少天来，他总觉得女人面熟，可谁能想到当年被他从陆星火的刀下救出的姚家小妾竟会与自己相见于楼上囚室？白朗现在细细致致地端详这个艳丽的女人了，她虽没了昔日的羞怯、惊恐，和满面的愁容，但那个幼小的可怜的小妾毕竟使他对眼前的地坑堡的女人有一份说不出的好感。

“哦，你这些天来给我送酒饭，是要报答我救你的恩呢，”白朗说，“可你要知道，陆星火虽然不是真英雄，他要砍你却并不是不爱你，也就是为了你，我限制过他的娶妻，他才后来又见到美色而背离了我。”

女人说：“他背离了你，你还替他说好话呀？不管你怎么护着你过去的兄弟，但我是恨他的！黑老七实在玩不了枪，一枪打死了他我才解气！”

白朗虽然为陆星火开脱，但陆星火已经背离了他，他是从心里彻底抛弃了这一个兄弟的，也不再为其再作强辩，他关心的是外边发生了什么。女人告诉说，在盐池丢失之后，陆星火当天听到了消息，也同时得知黑老七囚俘了白朗，连夜带人直奔地坑堡来。那一夜，黑老七挨了白朗骂，也害怕官府的兵马趁势杀上山来，就领人到地坑堡外二十里地的一个镇子布置防卫力量，恰与陆星火相遇，一场恶斗里，陆星火砍倒了地坑堡十二个喽啰，且一镖击伤黑老七的右腿。黑老七从马上掉下来，眼看着便遭擒拿了，倒在地上连连放枪，那枪放了十下，终有一颗子弹使陆星火的一条胳膊断了。听完叙讲，白朗伏在了窗台再没有说话，极目望着堡墙外远处的山岭，将双拳抱定，在对天为救自己而伤了胳膊的陆星火祈祷了。哎呀！结拜的兄弟到底是兄弟呀，他们到底是狼牙山寨的好汉，到底没有忘了做大哥的白朗呀！他们是爱着女人，但他们与官府绝是不共戴天，想那陆星火因生活所逼，一个无家无产的小镇闲汉，整整十二年里从事着为别人娶亲而从山道上背驮新娘，自己却终是光棍一条，他得了女人而逃也是能理解的了。即使刘松林，出身于戏班的戏子，抽烟土抽得形如饿鬼，在演出时已经戴了行头，站在了二幕后，还要吸一口烟才能在台上判若两人地将那三国时的周瑜演得活灵活现。他是在盐监官强奸了他的妻子，一怒将妻子杀了之后上的山。抢了盐监的女儿能说没有一份为先妻报仇的成分在里边吗？如今，来了一个陆星火救他，虽是断了一条胳膊，必更是不甘心就此罢休，而那个刘松林要是听到了消息岂能不也来救他吗？哈哈，有这两个兄弟重新打出狼牙山旗号，走散的更多的狼牙山的兄弟就会不断地寻到地坑堡来的啊！

又高涨了英雄气概的白朗从窗口回过头来，眉宇间神采飞扬，甚至有些戏弄起面前的女人了，说："我现在知道了，黑老七他之所以不杀我，他倒是真害怕着狼牙山寨！瞧着吧，一个陆星火打伤他的腿，把他千刀万剐还在后头哩！"

女人瞧着他的得意，没有恼，反而也笑了一下："大王还明白了什么呢？"

白朗说："还明白黑老七之所以让你一日两次送了酒饭，是要给我施美人计劝我降他，起码可以让我来镇住我的那些兄弟吧！"

女人嘎嘎笑起来，将身子仰在墙上，嘴唇却一撇一撇地，笑声变得很冷了。自白朗囚在这里，他见到这女人从没有过这样的笑法，不禁问道："我说得不对吗?"

女人说："英雄果然是英雄！可你的分析对着别个人物合适，我家山主却万万不是你所估计的了！"

不管女人怎说，此日始后，白朗在楼室里异常地活跃了，他每日早早起床，戴着镣铐扬腿伸臂，锻炼着筋骨。要么，趴在窗口往四方眺望，希望有滚滚的尘烟腾起，看见有飘动着绣有白色狼头的旗帜。这样的眺望常使他脖颈发酸，然后就切切地盼待楼梯口响动脚步，盼女人送了饭来。女人一来，立即迎着询问外边的情况。而女人呢，却也是更换了更多更艳的衣饰，说更多更新的消息。殷勤得比以往愈加活泛。她告知了某日有狼牙山寨的一支二十人的兵卒曾攻打过地坑堡，告知了某日在地坑堡的下山收粮的喽啰被三个穿白色狼头标志服的人一尽杀戮，告知了断了胳膊的陆星火果然第二次第三次来突袭，害得黑老七放话，谁要能提来陆星火的人头可以赏三百两白花花的烂银。白朗在听着这些消息时，眼睛眨也不眨地看着女人，他觉得女人也可亲可爱了，得意之处，竟一伸手抓住她的肩头摇晃了，说："再说呀，再多说些呀！"

女人说："大王，我这是要做了奸细了?!"

白朗一愣，方意识到自己的手还搭在女人的肩上，他慌忙取下，脸色也绯红了。

女人却一派自然，偏乜斜了眼说："人常说树倒猴狲散，我不明白大王是囚徒了，却凭什么还有这么多人要来救你呢?”

白朗说：“你说凭什么呢?”

女人说：“我看凭的是你的脸蛋。”

白朗脸色陡然变了，但随之而笑：“这话你可以去问问你家山主。他把我弄来，莫非也是看上我的脸蛋了吗？那么，他怎么却迟迟不肯来见我呢?”

女人说：“他不来，可我不是来了吗?”

白朗说：“一个小丫鬟，你哪里懂得男人家的事。”

女人说：“男人家的事女人自然不懂，可女人家的事男人就懂吗？尤其你这和尚大王，竟把地坑堡的压寨夫人认作是一个丫鬟了!”

“压寨夫人?!”白朗兀然间惊住了。这女人坐在了他的近旁，动手去他的后脑捏下了从屋顶掉下的小小的灰土。白朗本能地站起来后退了一步，还在说：“你是压寨夫人?”

在白朗获知了送酒饭的女人不是丫鬟而是黑老七的压寨夫人，他惊觉着要与这女人疏远，思想却乱得一团麻，理也理不清了。他真不相信她是压寨夫人，这是雌儿在诓他吗？可女人明明白白告诉了他：那次被姚家纳妾不成，她就嫁给了一个经商的富户，而黑老七却看中了她，硬是绑票了那富户抢她到的地坑堡。看来，她是压寨夫人无疑了，而如此的身世，白朗是同情了，在这个世界上美貌是苦命和祸灾之根源吗，她一个弱女子才遭到像一件猎物一样被臭男人抢来夺去？自己一个男人，有了好的容貌，也被安福寺的住持企图污秽，上得山来还常遭一些江湖上的人嘲讽，而像她，不能安安稳稳做良家的妇女，几次转手竟来到山寨终日生活在刀枪死亡流血之中了！但令白朗奇怪的是从这女人的身上并看不出做了压寨夫人有什么愁苦，穿着华贵的服装，戴着珍奇的首饰，这一切又是为什么呢，是取悦于黑老七呢，还是为了一个孤独女人的苦中作乐的一点不满足？白朗只叹自己从小当和尚，于女人的事真是知之太少。嫁鸡随鸡，嫁狗随狗，女人或许当初一派软弱良善，可做了压寨夫人，身上有了黑老七的血气流动，也会变成另一个人吗？那么，黑老七怎能让自己的夫人专来送吃送喝百般伺候一个仇敌呢？是有了另一层的阴谋，这阴谋又不是为了降服他那又是为什么呢？

难解的谜苦了白朗，他要为探出压寨夫人的真正用意和目的而平生第一次来琢磨起关于女人的事情了。在又一个炎热的中午，女人洗罢了澡来到楼室，头发蓬松地披了后肩，没有穿紧身的长袍而是短袖和裙子，露出了玉白的小腿和胳膊，甚至那没有扣起领而自自然然半遮半显的一截脖根。一朵才摘下的沾满了水珠的玫瑰别插在那丰满异常的胸位了。她坐在白朗的面前摇动着团扇，头发拂动枭枭，玫瑰花瓣也翩翩欲飞，白朗被她的奇艳压迫，平生第一次出现了烦躁，常常目光掠在她的脸上又极快地滑过去，汗就不停涌出来。

“大王是太热了吗?”女人说，“就把那褂子脱掉吧。”

白朗说不热的，脸却涨红了，忙中只问压寨夫人，黑老七打算怎样处治他呢?

女人说：“你除了问这些就没了话吗?你说不热，你那脸红得比女儿家的脸还要嫩红呢!”

说罢把扇子递过来，也把目光递过来。白朗只觉得她的眼里有了别一样的光彩，有了别一样的话语，他想起了在旱塬的井台上所望见井底的那一块发着幽光的神秘亮团，想起了小时候在一泓四围长满毛茸茸水草的清池牧羊常要跳进池里痛快地沐浴，想起了在九月天里逛山看见的柿树上的一枚红软了的蛋柿，就爬上树用牙嗑开柿尖吸吮糖汁再送一口气去吹它个鼓圆圆的空壳。女人还在说着什么，他已经不再知道，直到发觉到她递过来的扇子和一只绵软的手放在了他的手里，这一刻里，两人都身子抖颤了，竟谁也不再说话，眼睛很近地看着眼睛，不晓了窗外的阳光依然照耀，楼前的一株弯柳上的知了常常把中午叫得好个空静!女人首先是再也坚持不了了，她的脸出现了潮红，嘴唇隆起了如一枚圆润的红果，那有着酒窝的腮，嫩脖子，和酥的凸胸在微微地汩跳轻动了。

白朗终于在怀里接待了女人香软软的身子，在盯着她的眼睛也将头俯下去，俯下去，那颤晃的舌头几乎在接触到了那一枚红果，却从女人的眼里看见一个小小的他的人影儿来。刹那间，血气奔涌的年轻的大王迟钝了，这如同洪水即将崩溃河堤时水潮退了，如同在午夜熬眼，熬过了丑卯之后精神清醒没有了睡意，如同在山穷水尽之地则到了又一村的新的境界，他把女人轻轻放在床沿上了，动作全变了形，笨笨拙拙。

对于女人，在交往了这一个地坑堡的压寨夫人后，白朗于女人有了他的新知，他不像往昔总以一个和尚的身份而视女人为邪恶为淫秽为犯罪，但也不像一个做了落草居山的巨匪大盗将女人看成是一味发泄性欲的工具，寻欢享乐的小猫小狗。他克制着自己是为了自己的一番勃勃大业，而这么克制着但必须承认这女人曾给过他几多的慰藉几多的愉悦和力量！如果他是一位文人，他相信他的文章会汪洋华瞻，色彩烂漫，但他是一介武夫，一个囚徒，他的情绪之所以并没有低落下去，身体并没有衰败下去，觉得精神勃发，这最根本的何尝不是有这女人的一份作用？

白朗在瞬间的清醒中，第一个闪过的念头当然是他的大事大业不能陷进男女的情渊之中，而隐隐地也有提问了一个压寨的夫人会委身于他的背景内容。但是，在他放下了她在床上，看着那微闭了双目坠入一种不能言传的微妙的境界中的神态，原本也要客气地说：夫人是该回去午休了吧！他仍也说不出口，因为他搜索不出这女人对他有过的任何恶意和可供怀疑的痕迹，即使一切是一种假象，有着别一种阴谋，而白朗感念着她最起码是今日里有一份情意于他的，就不能粗暴地骂她是淫婆，打她个半死。何况这一时的女人，在自己的双手承接之后放平在床上，如花苞开瓣等待雨露，他这么撒手而去，未免是太无情，太残忍，无情残忍难道就是真丈夫吗？

白朗没有离开床去，他伸开手，轻轻地充满了柔情地抚摸了她的头发，再滑下来，抚到了起伏的胸部、腹部。女人却忽地睁开了眼来，急促地将他的手拉住，翻身而起，说："别，别，不能的，不能的！"

这却使白朗大大地吃惊了！陡然之间，他脸色彤红，羞愧得不敢看起女人了。当女人也垂头悄然离去，他一下子倒在床上，拉了被单蒙了头也蒙了全身，让汗水立时流湿，后来就似睡非睡欲醒不醒地躺了一个正午。

一觉醒来，白朗觉得身下有了凉滑滑的东西，方倏乎记得在梦中有过极幸福的故事发生。急起看视，裤衩上、床单上有了一些异味的斑点。他默默地看着，看了许久，并不后悔也不再追忆，而冷冷静静起来冲了一碗放在屋中的凉水，用手抠除着斑点在其中，则一仰脖喝了下去。在安福寺时，住持教训着他们年轻的和尚，其中最重要的一课就是每日早上检查被褥，发现有斑点就让刮下来冲了水喝，这种惩罚可以使有着七情六欲的小和尚牢记着自己的职业和信仰。从那时起，白朗就知道了当和尚的根本是什么，修身就是与性欲做斗争，这种斗争不流血不死人，在青灯下打坐，在木鱼声中沉思，而比流血死人更惊心动魄！做完了这一切，白朗是那样地清心寡欲了，他完全觉得他是一个英雄了，是一个真正的和尚了。真正的英雄和和尚不是说没有性欲而是战胜性欲，不是要让人冷酷如石如木而是要把持自己掌握自己，他白朗正是以他的不屈的和不凡的气度镇服了黑老七，也以一个真正的男人的大情大义的风格赢得了一个女人的爱而又没有在女人面前沉沦啊！

此后的两天，女人再没有来，送酒饭的是一个小卒。但白朗一个人呆呆地立在窗口为女人的不来遗憾时，他却看到了狼牙山寨的人有三次在堡门外的土场上搏杀。他们虽然人很少，武艺皆平平，而且径直到地坑堡前叫杀是自不量力，却一个个在被杀死的时候大声叫喊，"还我寨主！还我寨主!"白朗目睹了这一幕壮烈的场面，热泪纵横，后来就跪在窗前，他叫不上他们的名字，只是拿双拳槌击楼板，发誓定要为这些小兄弟们报仇，祈祷着这些为他而死的人的灵魂在天之一方得到安息。

也就在这一日，他又听见楼下有了鼎沸之声，探窗看时，堡门洞的两边一溜两行的喽啰全副武装了直排到一所高大宅院去。他不知发生了什么事，便见堡门洞开，一个只穿了一条红色的短裤的人走进来，双手在胸前捧着一个木盘，木盘上放着一颗血淋淋的人头。这不看则已，一看使白朗大惊，那人竟是刘松林！这形如饿鬼的狼牙山二大王是来救我的吗，为什么单独一人，且赤身裸体不带了刀棍，为什么不事先吸了烟土而那样神色恍惚？端的又是谁的头呢？便听到那两行喽啰一声连一声吆喝道：“刘松林来献陆星火的头喽——！”白朗终于看清那头颅正是陆星火的，立时明白刘松林来的目的了！顿时双睛爆裂，黑血翻滚，巨声骂起来了：“刘松林，好个没廉耻的逆贼，你是杀了陆星火来投降的吗?!”

骂声异常洪大，如雷炸响，楼下所有的人都听到了。端着头颅在喽啰的刀林中向大院走去的刘松林身子摇晃了一下，抬头看见了他，双足便跪下来，说：“大哥，刘松林终算见你一面了!”

白朗道：“我不要你这恶狗给我下跪！我不是你的大哥，你也不是我的兄弟!”

刘松林站了起来，突然哈哈大笑了：“那好吧，和尚白狼，你已经是黑大王的囚徒了，你让我也同你一块送命吗？陆星火他不识时务与黑大王作对，且他的一颗头值三百两白银，我刘松林有了银子能抽烟土呀!”

白朗说：“好吧，你去投靠黑老七吧，可你记着，终有一日我会剁你个肉泥的!”

刘松林说：“这你就差了，黑大王赏了我银子，说不定还封我个头目当，那我就要来先成全了你！白狼和尚，你好好在那楼上待着，我要去见黑大王了！”

白朗身子一软，差一点从窗口栽跌下来，头在窗沿上一磕，再后仰在地板，已经气怒昏死过去了。

实指望陆星火残废后有刘松林会振臂一呼部下云集来杀败黑老七救出他白朗，但刘松林却又一次地给了他白朗致命的打击：白朗苏醒过来，眼睛还没有睁，就骂出了声，骂刘松林的心是彻底地瞎了，骂他自己也是瞎了眼了，但蓦然听到一种声音在唤呼着他，张开眼皮，发现他已睡在床上，床边坐着那一个压寨夫人。白朗立即又闭了双目，将头扭向墙去。女人说："大王，你能再看看我吗？我们只能再见上这一回了，你也不肯看我一眼吗？”

听了这话，白朗忽地坐起来：“是黑老七要杀了我吗？让他来吧，让刘松林也来杀了我吧！”

他冲着女人发凶，发了凶却吃惊了这女人全然不是了以往的艳丽，几日不见，竟鼻子炎红，眼睛枯涩，那乌黑的头发也似乎稀薄干黄了，他咽了一口唾沫，将头垂下了。

“大王看我是丑了吗？”女人说，眼泪却流了下来，“你终是看了我一眼了！我知道我现在来不是时候，你是不愿意与我多说话的，可我不能不来，我先是给你说说你的兄弟刘松林吧。”

白朗说道："我永远也不想听到他的名字！"

"那我就给你说说我的事好吗？"未开口，却哽噎起来，"你告诉我，我是不是真的丑了？"

她确实是丑了，一个奇艳无比的人怎么就突然丑起来了呢？他说："你怎么了？"

女人说："我快要死了。"

"要死了？"白朗说，"你是唬我吗？黑老七现在并没有了强大的对手，陆星火死了，刘松林投降了，地坑堡正好红火，你压寨的夫人要死了？"

女人说："我知道你一直在对我有着防心，我也一直没对你说过，现在告诉你吧：一个压寨的夫人为什么专来为你送酒送饭如一个丫鬟，是因为这个夫人害了麻风病的。你不要插话，你让我说吧。害了这种病是不能救的，要救就只能与男人同床把病传给那人才能好的，而病在最严重的时候却能使病者的容颜十分艳丽，也是最容易招惹男人的。黑老七他得知我的病后，他当然是不会同我有房事的，却也舍不得我的容貌而让我死去，便要求我传给他的一个喽啰然后把那喽啰杀掉。可我看不上那些喽啰，黑老七抢了我来我已受了屈辱，再若去与那些我不钟爱的人干那种事，我不如死了的好。你被解来，黑老七原本要让赛虎岭的众王瞧瞧他的威风后就立即杀掉你，可在你一到地坑堡我就看中了你。黑老七他是同意了，说：'只许一次，一次成功了就告知我，我不允许动过我的女人的人多活一个时辰！’这就是我给你送酒送饭的原因，也就是我之所以美衣鲜服地取悦你的原因，你现在该是知道我的狠毒和邪恶吧？但是，在与你的接触中，你是一位真真正正的英雄，你不但有比一般人英俊的容貌和身架，你更有一般人没有的英雄气概，你并不是贪色之人，你不以你的英俊自持，不以你是一个王中之王的人物把送上门的女人收拾了，便宜了。正因了这一点，我更加爱上了你，且后来也认出了你就是当年救我的恩人，我哪里再会去害了你呢？可我毕竟是个女人，心里又是那么爱着你，我真盼望我能得到你的爱，让你抱了我，抚摸我，让我使你在快乐中忘掉囚关的苦楚也让我幸福地死于你的怀中，但一想到如果那样了你就会染病死去，只好在那一时又拒绝了你。你知道吗，每一送酒饭回去，黑老七都要查问，我瞒着说机会不成熟，他不相信你是个不吃腥的猫，又怀疑我是真心好了你。我的心情矛盾极了，彻夜彻夜不能安睡，所以这数天我没有来。谁知越是这样，病情就越加重，鼻子便开始红炎起来。我知道鼻子一烂，接着头发就要脱落殆尽，身上也会烂得一块块掉皮。我到了那时就丑得不堪入目，更不愿意我爱着的人看见我的样子。但我又是快要死去的人了，我怎能不来见见你呢？我无论如何要来最后看看你了！黑老七见我病到这步田地，知道你没有起作用，就叫嚣着要杀掉你。但他现在是病了，病得也不轻，终日惊恐着会有人要杀他，也就另眼待我，已将我扔到一间空房中让自个死去。我偷偷地跑来，一是要提醒你，黑老七明日会来杀你，或许就在今日，你万不可睡着，要防着他，二是我要求求你，让我就死在你的手里吧！”

女人不歇气地说着，她不让白朗有一句插话，似乎她要一停止下来就再也说不完了。现在她跪在了白朗的面前，眼巴巴地看着，向他企求了。泪水不知何时起已经满面了的白朗，双耳轰鸣，喉咙哽噎，他为面前的女人战栗了！天呀，原来是这样，事情原来竟是这样！他忘却了刘松林带给他的烦恼，满心地同情着这个可怜的女人了，更感动着这女人对他的一片挚心了！世界上的英烈并不是男人家才有，柔弱的女人竟也有石破天惊之豪举，他白朗一世来并不看重女人，谁能料到拯救他的不是月下结拜的武功超群的狼牙山寨的二大王刘松林而是这一个不胜风寒的女人啊！他把女人一揽手抱起来，抱得是那样地紧，说：“你是不会死的，你是不会死的，等我哪一日出去了，我会请世上最好的郎中治好你的病的！”

女人在双臂之中颤晃着，如风中细柳，几欲要痉挛了，大颗大颗的泪就坠下来，说：“啊，有你这样的话我真高兴，可这是不可能的，这是不可能的。”

悲哀到了极点的白朗一下子冰山似地崩溃了，他瘫坐在条凳上，抓过了酒罐来饮，却在酒罐里发现了一柄短刀。他极快地把刀拿在手里，回过头来，女人却已衣着整齐地平平地仰睡在他的床上了，在惨惨地笑：“大王，你来杀了我吧！”

白朗握着刀走过来，他的手在抖动着，他杀过了不计其数的人从没有这样抖动过。“我怎么能杀了你呢？我怎么能杀了你呢？”

“你杀了我，我会死得幸福的！我求求你了，我的大王！”

白朗看着女人微笑着闭合了双眼，脑子里浮现出一刀下去切断了她的喉管或是一刀扎在她的左胸，血喷泉一样地溅上屋顶，溅上四壁，一个美丽善良的女人就再不复存了?！他回头看着窗外，今天的太阳没有照耀，不知何时布满了阴云，有雨在下落了。他终于说：“好吧，我满足你。”俯下身去，在她的额上，鼻尖上，嘴唇上亲吻了。“你把左手搭在床沿吧，我划破血管，血就会流干的。”

女人顺从地伸过左手在床沿了，她并不看，仍那么安详地闭了双目，白朗却拿刀背在她的手腕处划了一下，就坐在一边头软得再也抬不起了。

楼室里是那样安静，窗外的雨在淅淅下着，这雨声在女人的知觉里是血管里的血在往外流淌，她没有痛苦，她觉得生不能与英雄的白朗作妇作妻也不能与他纵情为乐，但经他手死去才使她这般自在幸福呢！现在，她要死了，血一流完她就死了，但愿在另一世里他们再相会吧。

白朗抬起头来，发现女人的胸部慢慢平息了起伏。他走过去，女人早已经死了！她在一种意识中死得果然安详，脸上还在微笑着，没有血，没有伤，真如睡熟了一般的一尊菩萨。白朗就这么一直看着她，看着她，将她神圣起来而不敢再去碰她，摸她，直到天黑，天黑又到黎明。

黎明里，白朗抱起了酒罐大口大口往嘴里倒酒，已经喝得大醉了还在摇动酒罐。没了酒的空罐里有了一种金属的声音，掉下来的竟是一把钥匙。白朗立即醒悟了，拿钥匙去开镣铐上的锁。锁打开了，他的眼泪唰地又流了下来了。是呀，这女人在死前把什么都预备好了，她为他带来了钥匙，也为他带来了自卫的短刀！白朗跪倒在女人的尸体前，叫着“夫人！夫人！”泪水涌流却嘿嘿地大笑了。

这时候，楼下传来了杂乱的呐喊声，听得见有嘶哑地吼叫：“一定要守住，守住！今日谁杀了那头领，我大王就将压寨夫人赏他了！”白朗听出这是黑老七了，黑老七接着又喊着夫人，大骂着“跑到哪儿去了？”一小卒在答：“夫人昨日上楼没有下来。”黑老七就又骂道：“娘的×，谁还让她到楼上去的?!”白朗隔窗一看，堡门外的土场上果然狼头旗帜数面，无数的狼牙山寨的旧部在那里攻打，他要探身窗外嘲笑那一个黑老七了，楼梯口却传来了急促的脚步声，白朗立即复坐床上，将镣铐缠在手脚，那一柄短刀就顺手压在凉席下。

门被一脚踢开，黑老七和四个提了柳叶刀的喽啰走进来。

“和尚白狼!”黑老七恶狠狠地说，“你不是总要见我吗?我黑老七来见你了，怎么样，地坑堡待你不薄吧，关在这里有吃有喝还有个娘儿们陪你?”突然一变脸吼叫：“小的们，把那臭娘儿一刀砍了!”

白朗说：“慢着，她在我这儿睡着了!”

四个喽啰皆一时满脸尴尬，觉得压寨夫人竟是睡在囚徒的床上，便拿眼看自己的山主了。黑老七哈哈笑道：“和尚白狼，你以为你占了我的便宜吗?我告诉你，这臭娘儿们害了麻风病，是我特意让她来找你的，我不用杀你，你也死到临头了!”

白朗傲慢地坐那里，冷眼看着黑老七，说：“是吗?那你怎么还到楼上来?!是来请我出去吧，外边的我的兄弟越来越多，你是让我去领他们进来吗?”

黑老七说：“是的，和尚，外边是打得厉害，自把你关在这里，我地坑堡再没安宁过。”

白朗说：“这我当然知道，你是瘦多了，气色是坏多了，日日夜夜听风声就是雨，见草木也错认了兵，再要下去你不是吓死也得吓疯的吧?”

黑老七说：“说得一点不错，我就为此来向你借一件东西的。”

白朗说："什么东西?"

黑老七说："要一颗人头！外边的人见了你的头，心就死了，就不会再来寻我的麻烦了！"

白朗笑了："是吗，你来取吧！"

黑老七叫了一声，四个喽啰还未动手，白朗忽地从床上凌空跃来，那手在起跃时早从席下抽出了短刀，一下子扑到黑老七的身边，一手扼住了他的胳膊，一手将刀贴逼在他的脖子，大声说："实在对不起了，黑老七！你给你的部下说，让他们乖乖放下刀先行开路吧！"

突如其来的变化，惊呆了四个喽啰，黑老七也是面如土色，他只好命令喽啰放下刀在前边走，白朗就将黑老七押着一步一步走下楼来。地坑堡的喽啰小卒见山主被押下来，蠢蠢欲抢，那刀就在黑老七的脖子上划出血了，黑老七叫道："谁也不要动，谁也不要动……"这一幕恰被堡门外搏杀的人瞧见，抵抗的兵卒稍一迟疑，狼牙山寨的旧部早一刀捅死一个，就蜂拥下来使劲砸撞堡门。白朗又逼着黑老七下令把堡门打开了。

地坑堡所有的喽啰兵卒被赤手集中在一块空地上，白朗说："黑老七，你说怎样处治你呢?"黑老七一脸哭相了："以牙还牙，你也押了我一路去狼牙山寨吧！"白朗从他的腰间拔过了曾经是自己的短枪，丢开了黑老七，低头将短枪的机头打开，又对着枪管吹了吹气，却将短枪插在自己腰里，仰天哈哈大笑了：“黑老七，你算是什么角色，还用得着我押了一路去狼牙山寨？我杀了你也嫌损我的英名！”遂叫道：“谁来砍了他？”人群中走出一个人来，穿着狼头标志的服装，提着一面偌大的铡刀。白朗似乎不认识他。

“你是谁?”白朗说。

“大王不认识我，我是新入伙的。”那人说。

“你能砍了他吗?”白朗问道。

“我是盐池北边的人，黑老七暗袭了大王，官府就把盐池又夺走了，还杀了许多抢过盐的百姓，我爹我娘都被杀了，我岂能不砍了这条祸根?!”

阳光下，他一铡刀砍去，竟将黑老七一分两截。那上截的黑老七倒地还活着，说了句“我不该做那王中之王啊!”睁目绝气。

3

白朗收拾着残部回到了狼牙山寨，白朗又是一代枭雄，赛虎岭的王中之王了。到处在扬颂着一个英雄难而不死、灭而不亡的传奇，已经衍义得神乎其神，说白朗在醉酒中被黑老七囚押在地坑堡的诵经楼上，如何是白日里的英俊潇洒的玉面和尚，夜里就显身一只白狼，望月嗥叫，引动着满山遍野的狼群了。诵经楼是那个翰林的老母居住过的，久年未修破败不堪了，但白朗去后，每个黎明里楼檐风铃叮响，悠悠似有诵经之声，只有在盐池上空才能见到的白鹤天鹅，却见天要飞来七只栖在楼顶引颈长鸣。这样的传奇先是在山民百姓中，至后赛虎岭的众山的喽啰小匪，县城的工商作坊里的掌柜相公，连官府军营中的兵勇士卒全都如此谈说。就有人刻印了他两种画像，一是狼头人身作护身镇邪的法品在市面出售，一是美如妇人的脸谱，称作是和尚菩萨的，高价买来不叫买叫请的，请供于高墙神龛上日夜焚香磕拜乞福求贵。

赛虎岭上没有了黑老七，十二个山头便剩下了十一个，那十个山主在白朗遭擒之时着实是晴天里听到了一个霹雳而震撼了，他们遗憾着白朗雄鹰折翅，骏马失蹄，受到了平生的奇耻大辱。但每一个山主之心中却也包藏了一份幸灾乐祸的暗喜；有白朗在，赛虎岭当然是安全的，官府收的税自己收，官府纳的粮自己纳，有大碗的酒大块的肉大福大乐享受；但有白朗在，赛虎岭的头把交椅永远也就是白朗的，所以，黑老七灭了狼牙寨，他们异口皆曰黑老七心毒胆大，却没有一个提出来剿灭地坑堡，黑老七在他们眼里原不算什么角色，只要提高警惕防备着些，愈加经营自己山头，谋图着某一日这赛虎岭真要成了自己的天下。但是，现在的白朗奇迹般地又回坐了狼牙山寨，自不量力的黑老七落了个寨毁人亡，便都一齐称颂起白朗的英雄盖世了。

狼牙山寨的印着白色狼头的旗帜又在已经开裂如刀剑的天元寺塔上飘扬，它就象征着这数百里方圆的赛虎岭上，依旧是大王们的天下，远在县城的千总老爷果然重新调整了各地的巡检司，城之东西南北四门的吊桥严加把守，天一黄昏便高高吊起，而正欲清剿赛虎岭的计划悄悄撤销，集中起来的小校兵卒以及成批的乡勇民团终于只固守在了盐池。赛虎岭，十一个山头若十一个部落，各自在其势力范围内经营各自营生，山头上，路口上，喽啰巡哨，见巨贾豪富的钱车粮担就扣，遇官府的游兵暗探便杀，山与山狼烟联络，寨与寨号角呼应。但是，谁也不能侵犯了谁的势力，唯狼牙山寨的人，只要是衣上有狼头标志的或是持一块刻有狼头的木牌的，却可以自由往来于各个山头的区域。这当然没有明文协定，但一时间却成了例行的规矩，于是，常常三更半夜有人影绰约，询问什么人，回答狼牙山的，查也不是不查也不是，更有这个山头与那个山头为一个动心的女人或一担财物发生了冲突，几乎开始都在吆喝：要眼睛出气吗，老子是狼牙山的！结果是假狼牙山的占了便宜去，真狼牙山的又被错为冒充，出现了不少的流血事件。白朗就要传话给十个山头，邀请十个山主前去聚一聚，亲议一些事宜了。

众山主得到邀请，莫不筹备了丰盛的礼品，他们知道如今的白朗自比往昔更一层威风，所谓邀请去狼牙山寨也就是让他们前去恭贺他的复出，也就是要暗暗警告狼牙山寨的名号是谁也不允许冒充的，皆在这一日纷沓来到天元寺塔下。

众山主的猜想一点不错，年轻的大王白朗虽然腰斩了黑老七，一把火灰飞烟灭地烧毁了地坑堡，但被一个最不起眼的山主护颈铁枷锁了，四条绳索绑了，行走数十日地解押到一座楼室里，这羞辱是太大了。他成心借此机会让众山之主们瞧瞧他一个王中之王是可以被人欺负的和欺负得了的吗？为了办好这次集会，他重新修整了寨堡的颓墙败栅，粉刷了所有楼亭舍院，到处收拢散落的旧部，招募新兵。但是，令白朗多少有些失望的是数天的时间里虽然张贴了布告喧腾了锣鼓传播了口信，上山来的人马仍是寥寥无几，更多的则是那些在地坑堡投降的喽啰，是山上百姓和从盐池偷跑来的盐工。这些新入伙的穿上了印有狼头标志的服装，包裹了黄的巾帻，操练刀棒，一见他就全伏地呼大王不已，他不认得这些陌生面孔，总觉得与他们没有以往旧部兄弟们的那份熟腻和亲切了。他派了一个当初功在陆星火之下的山寨头目，也就是在他杀死黑老七的那天攻打地坑堡的领头人，交代了再次下山，无论如何要寻到所有的旧部兵卒重新归来，甚至动了情道：狼牙山寨遭难，我白朗没能保护好大伙，今日天不灭我，狼牙山寨的兄弟就要有福共享啊！

当众山主到齐了狼牙山寨的山门，那马就不能再骑，因为缘一面突出山嘴随势砌筑了二千级石阶，他们气喘吁吁往上爬，且道道围墙，层层栅栏，头扎草黄包巾腰佩雪光铁刀的迎兵吆喝打开，又吆喝关闭，甚是一派森严。上得山嘴，并未到得正寨，又是一峰崖，开元寺塔就在上头，而崖的两侧有飞瀑直下望之若练，路曲之绕过瀑后，走过了珠玉喷跳之处石皆成穴之处，仰视着崖上苍苔匝生如羊胛状，酷夏之中人也莫不心身寒气所逼了。白朗自然立于崖头路口拱拳喝迎了，自然又是往昔的一身素白一颗光洁头颅的和尚了，他声声呐喊，立即应者雷轰，早有数十个将鬓发挽紧是一个角儿的小徒们安顿了八八六十四张生漆染就的八仙大桌，众山主和所有山寨的大小新旧兄弟一齐入座了。众山主们走到了桌前，却没有落身下坐，而是环目望见了那旧制的三楹大门楼三楹仪门五楹正堂东西各三楹厢房，那后堂的侧门，那兵库房，三楹花厅，大门外东西分别的大厅，那十二间的榜廊全都焕然一新，张灯结彩，而新造的二十个窝铺，四个角楼，六个敌楼，连同了那木架哨台、天元寺塔，全插上了新崭崭的狼头旗帜。这阵势便使众山主们少了志气，自惭形秽起来了，他们整衣理帽，尽量使脸上长久笑容，就在山鸣海啸般的乐鼓声中让随从抬上虎皮、熊肉、熏鸡、油鸭，和一坛坛美酒，成匹的丝布，以及火纸，食盐，豆油，木耳，香菇，言称薄礼小品不成敬意，然后弯腰向白朗恭贺，逐一地挑选着天下最美丽的词句，以悦耳高亢的声调称赞白朗的英勇了。一时间里，狼牙山寨就是赛虎岭的一面旗帜，白朗就是众山之主心悦诚服的领袖，从此赛虎岭将固若金汤，那盐池的恢复指日可待，县城的官兵是一群草芥，这方圆数百里地将永远是一个独立的王国，别一种清平的世界了！听着这么多的赞誉，早晨起来又兀自喝过了过多的烈酒，白朗满面红光，神采奕奕，想起了过去的一切，他也为自己的今日而惊讶了！是呀，天下哪有被囚押欲死之人又突然间报得深仇，重整了旗鼓，而又为此地振臂一呼就能应者云集呢？做了阶下之囚，黑老七仍是见他战战兢兢，这已经是别人不能做到的奇迹，何况在囚室之中又有一个艳丽若仙的女人钟爱于他，岂不又是奇迹中的奇迹吗?！这全是自己的英雄气概所征服的呀，赛虎岭上有第二个人吗？或许，这些众山主和众喽啰的称颂未免过分了点，但除了他白朗哪一个人又能如此敢有一点承当啊！

白朗毕竟是英雄的白朗，在这样的场合中他不会忘记了为他牺牲的人，他要在万众欢呼里追念那些亡灵，他首先想起的是他的结拜过的三兄弟陆星火。他给大家讲述着陆星火的英勇，从一块精致的木匣里取出颗血肉已化的头的骷髅，安放在高台桌上，为其奠酒，三跪六拜，声明他要修坟造碑，年年月月为他的可敬可亲的三兄弟荐祀。再下来，他就说出了一个女人来。当众说出一个女人，且这女人又是黑老七的压寨夫人，这于当过和尚的白朗是不宜的，于如今被传颂得神乎其神的白朗是不宜的，但他白朗还是要提到她。他讲述了这女人在楼室里怎样地照顾他，又是怎样地暗送了他的钥匙和短刀。此话一出，众山主和喽啰兵卒都议论哗然了。这一切的一切，是谁也不知道的，他们在白朗一说一个女人的时候甚至觉得有些好笑，怨怪白朗怎么启这种口呢？可听罢了她的事迹，他们全都被这前所未见前所未听过的奇艳无比的人儿所感动，心想这女人一定是与白朗有缘的，是不是白朗已经和这女人有了那一层的关系了？这种想法当然一闪即过，遂感叹一个娇弱的女人能身为黑老七的压寨夫人而倾心白朗，这女人定受了英雄白朗的感染，更可以说身上流动了白朗的血气，越发证明白朗是一位大英雄了！当白朗将一壶酒洒向地面，大家把酒全洒在地面，他们同时在心中祈祷着在自己的一生中也能遇上这么个女人，做一个有着生生死死的奇艳风流的英雄多好！白朗接下来在追悼为救他而攻杀黑老七的兵卒，追悼完了，他站起来喝令着兵卒点燃了炮铳连放三十六个爆响，令四十八位喽啰抬出鸡鸭猪牛肉一盘盘端上，将一瓮瓮烧酒在大碗中筛满，宣布能吃的吃饱能喝的喝足，没了黑老七，不怕有偷袭，醉得昏天黑地三天不醒的是白朗的朋友。但是，人群中有人叫道：“大王，你并没有追奠到一个更救过你而死去的人啊！”

这一声很是响亮，似乎还带有童腔，已经坐下的白朗站起来问："哪一位说话，是我遗忘了谁吗？"

人群中站出一个小小年纪的小卒，一件有着狼头标志的服装宽大过膝，显得两腿短矮失例，但眉目清秀可爱，白朗认出他是那个曾经吹过唢呐，后来又守卫诵经楼的黑老七的旧部下。他站到了人群前的空地上，面对着白朗作了一个半跪的姿势，然后又睐了一下左眼，白朗被他的旧日动作所逗，不自觉地也冲他睐了一下左眼。小卒说："大王刚才说到的黑老七的压寨夫人，那她正是我的表姐。表姐的事大王已经当众讲了，其实这一切表姐都给我讲过，因为这是一个女人的事，大王刚才不说我现在也不会说的。但大王一定只知道我的表姐一个人，殊不知为了大王死的竟还有她的一位丫鬟！当陆星火、刘松林死了以后，可以说来地坑堡救大王的并没有几个武艺强过黑老七的，但来救大王的人实在很多，这已经使黑老七紧张起来。为了使黑老七精神崩溃，不得很快杀了大王，表姐就同丫鬟偷偷书写了许多字条，上面都是一句话：'取黑老七的头！'三更半夜让丫鬟贴得墙上有，树上有，茅房中有。这便是黑老七以为狼牙山寨的人混进了地坑堡，或是地坑堡的兵卒中有了狼牙山寨的奸细。他查了又查，搜了又搜，杀死了许多他的部下，但是，每日还是有字条发现，黑老七夜里再也不敢睡了，担心一睡下有人取了他的头去，白日再也不敢先吃饭，担心饭里放了毒，先要让别人吃第一口。人这么活着怎能不病呢，黑老七就病了，一听见风吹树叶就惊，一看见日影灯影也惊，常常惊起来就怀疑他身边的人，要不严刑拷打，要不就杀了。大王你想想，他得了你的短枪，原本可以在地坑堡的堡门楼上瞄准前来攻打的人放枪吧？虽不能一枪打中一个，也可以三枪打中一个的，他却从不到堡门楼去，怕啥呢，就怕那里一乱，有人暗中害了他呀！这不就是字条的作用吗？可以说，他完全是一个神经病人了，身子虚弱不堪了，他最后去楼上杀大王，大王一定能瞧出他和从前判若了两人，被大王用短刀逼了再没做反抗，他以前也曾是凶猛如恶豹的人呀！我表姐的病到了快死的时候，是反复叮咛过丫鬟不能对人说这事，丫鬟给表姐点头，却在背地里哭了，她以为表姐放心不下她。这也难怪，她原是七星镇杨掌柜的女儿，杨掌柜曾经藏过黑老七，黑老七后来常去杨掌柜家，看中了她，虽不能明着抢来，却使了鬼点子勾引。黑老七早年是个串巢窝闯勾栏的能手。那杨掌柜的女儿就这样被他迷惑了成的奸，却后来又玩腻了，才让她做了我表姐的丫鬟。这丫鬟有这段往事，就以为表姐怀疑她为人有不争气之处，也就在那个晚上，她吊死在一所空院子的门框上了。她吊死了还贴了最后一张字条，那字条贴在她的身上。黑老七当然没有想到丫鬟做了什么，还以为丫鬟也被杀了，更是要杀了他的前兆。大王，她虽然是自杀的，但她是为了谁而自杀的？她的功绩并不低于地坑堡门外叫杀的兵卒，甚至她抵得住十个兵卒，二十个兵卒，但大王却只字未提到她!”

年幼的小卒说完，退回到他的位置去，白朗端起了酒，他深深地被那位并不知晓的丫鬟的作为所激动，他的嘴在颤抖着，一串一串掉下来的热泪滴溅在酒碗，正要双膝跪下去对着那上苍对着那冥冥之间游荡不知着落的一个亡灵呼叫，便有人在号啕大哭了。这哭声是那样的悲痛和凄厉，在炎日当顶如油锅开炸的正午，使每一个人五脏六腑都在震撼了，抽搐痉挛了，他们以为这哭声来自云空，是那一个几乎永远无人知道的丫鬟的阴魂在这彰昭的一刻恸哭了，以为是英雄的白朗率先在为自己的内疚而悲泣了。但是，当众山之主和兵卒们看见白朗也抬起了惊愕不已的眼时，才听清了哭声发自土石场的北角，那一堆拥拥挤挤来瞧热闹的山民群中，而且已有人踉踉跄跄走过来了！也就在这时候白朗却兀自大叫了：“刘松林?!”

听到“刘松林”三字，站在白朗身后的一队贴身喽啰忽地扑过来，如挟风的虎群，将还没有走到场中来的人掀翻在地了。血涌得一脸通红的白朗把手中的酒碗哗啦摔了，大声怒叫：“刘松林，好个贼逆，你今日还有胆量来呀？来了正好，你那一颗贼头正用得上奠我狼牙山寨的英魂!”

那人突然脖子挺硬了：“大王，你再看看是不是刘松林?!”

暴怒了的白朗一个愣怔，待看了一眼时，那人长得和刘松林十分相似，但毕竟比刘松林矮了些，也胖了些，脸上没有那抽烟土人的一层土灰色，不禁也疑惑了：“你不是刘松林？”

那人说：“我不是刘松林，刘松林却是我的一奶同胞。大王今日重整旗鼓东山再起，刘松林是你第一个要杀要剐的叛逆，可你大王哪里知道这奠祀的第一人却应该是他！”

众山之主和芦席上的残部兵卒几乎是愤怒了：“这厮胡说八道了，刘松林叛主投贼，残杀陆星火，难道还成了功臣不成?!”

白朗却挥手让喽啰们放开了那人，冷峻地问道：“刘松林他是死了?”

“是死了，大王，他死无尸首葬无坟茔。”那人说。

“他死了?”白朗重复了一句，却突然走近了一步说，“你说奠祀的第一人应该是他，他能比陆星火吗？他能比地坑堡的那位妇人和丫鬟女子吗?”

那人站了起来，又几乎是伤心了，但却在红日当空之下擦干了眼泪，说：“陆星火是忠烈之汉，那妇人和丫鬟有节烈之举，刘松林在狼牙山寨时的功绩不用我说，大王心中清楚，在场众位心中也清楚，他的最大的过错不就是曾为了一个女人私自逃离过大王的吗？但是，当他得知大王被囚，盐池丢失，陆星火去救大王又断了胳膊，他大哭一场，血刃了他的那个女人就奔到地坑堡去了。他没有带多少人，他脱离了大王后只想和那女人寻一处僻静地过安静生活，他还忘不了唱戏，怀恋着舞台上的周瑜，所以，带在身边的只有二人，武艺又平平，但他还是去了。去了地坑堡，才知道那里防备森严，他无从下手，又退回来寻找陆星火。陆星火已经残废，还领人去攻杀过地坑堡，但也差不多把人伤亡完了。他二人那一夜就住在我家，从一更商议到二更，二更又到三更，想不出个好办法来，把一坛酒都吃完了，就又趴在桌上哭。到了五更，陆星火终于想出让刘松林砍了他的头去假降黑老七，然后进入地坑堡杀掉黑贼为大王报仇，学一场古书上讲的荆轲刺秦。这办法是好，刘松林却不忍心陆星火这么死去，陆星火说：你不要和我争了，你就是献了头让我去，黑老七一是信不过我，二是我一条胳膊也无力杀了黑老七。就借说他去上茅房解手，在那里用刀自割了头。刘松林那时没有哭，他把陆星火的头血滴在酒里面喝，他说：兄弟，刘松林现在不是刘松林一个了，刘松林是陆星火和刘松林两个人了！就带了头赶到地坑堡。黑老七果然相信了他，让他端了陆星火的头进了他住的厅院里，他首先要黑老七先拿出三百两银子放在一边，再要黑老七把烟土准备好，说他烟瘾犯了需要抽烟。黑老七一一照办了，要他端上陆星火的头来，却不让他近身。不让近身怎么能行呢，陆星火的头颅下是藏好一把短刀的，他便说：‘我还有个请求，黑山主一定答应我！’黑老七说：‘什么请求？’他说是陆星火的嘴里有一颗金牙的，请求能让他敲了那一颗金牙！黑老七嘿嘿笑了，让人把头递给了他，他一边往黑老七跟前走，一边掰弄头颅的嘴，忽地从头颅下抽出短刀，却一脚踩在了一块瓜皮上滑倒了。他再要爬起来，一切都来不及了。大王，你是知道的，刘松林抽烟土抽上了瘾，没烟是没劲的，他从我家走时是抽过三个顿时的烟的，但到了地坑堡，烟劲还是过去了。他没能爬起来，黑老七的左右兵卒就乱刀将他砍了，砍成一堆肉泥了。刘松林死后，黑老七是胆战心惊了，刚才那位小兄弟谈到丫鬟的字条使黑老七几乎要疯了，这根源也一定是有了刘松林的谋杀才产生了效果的。像这么英勇之人，大王不但不追奠他，反倒还骂他贼逆，我那兄弟在九泉之下也不安宁啊！”

那人说到这里又哭起来，白朗已经支持不了了，瘫坐在了条凳上，反复地说：“是这样吗？是这样吗？”

“是这样的，大王！”刘松林的哥哥说，“我要是有一句假话，大王现在就刀劈了我，他们是可以作证的啊！”

涌集在观看热闹的山民中就有两人走来跪下了，自报他们曾是黑老七的左右随从，他们是亲眼看见了这壮烈的场面。黑老七杀了刘松林后，即关了厅院大门，封锁了消息，所以地坑堡的别的兵卒是不知道的。待到黑老七最后死了，他们不愿再上山吃粮才回家务了农的，今日原也不来瞧这种热闹，是刘松林的哥哥特意要他们来作证的。

白朗的脸色黑沉起来，他没有再将酒端起来奠祀，也没有落下一滴泪，而是离开了那个他一直站着的高台阶，向着众山之王和他的部下喽啰走来，喃喃地说：“还有我白朗不知道的人吗？还有替我白朗死去的我不该忘了的人吗？”他的样子非常的虔诚又非常地令人恐怖，当目光落在十个山主身上时，有两个山主突然脸色煞白，扑咚扑咚差不多一起跌倒在地昏迷不醒了。

酷热的夏天使所有的人都在这沉重而窒息的气氛中支持不了了，两个大王的昏厥使人群骚乱，立即有喽啰去舀了绿豆汤来灌，想这汤水灌下必会败了火气，但两个山主紧闭了双目却在高声说话了，一个说：“你说呀，你快说呀！今日不说哪儿还有说的地方呢？”一个说：“我怕哩。”一个就说：“大王是白朗大王。不是真个白狼吃了你吗？”一个还说：“我还是不说。”一个就生气了说：“跟你这不出息的男人我算倒八辈子霉了！你不说我说了吧！”两人这么你一句我一句，互相不看，接应自然，又全然是夫妇口吻，有人就骇声叫道：“这是鬼附身了，这是通说了！快拿簸箕桃条来盖住抽打！”那一个说着妇人腔的大王就闭目发怒了：“谁要打我，我是来向大王诉冤的！”有人就问：“你是谁，你要向大王诉什么冤？有冤你到县衙公堂去！”那妇人腔就说：“我是七星镇兴茂客店的娘子，他是我的丈夫，我们在客店是接待过你们狼牙山寨的人，是二十个人，他们说是要去打黑老七要去救白朗大王，我们夫妻白给他们酒喝白给他们肉吃，可他们天明一出店碰上地坑堡的人就打起来，他们是全被杀了，那地坑堡的人就又来到店里找我们。院子里一刀戮了我丈夫，进厨房又找我。我跳进水瓮里，头上顶着葫芦水瓢，但还是让找到了。他们说我是狼牙山寨人，我说老娘不是，但老娘看不起黑老七，他不去杀官兵却关了白朗大王，他是小牛牛！他们问我小牛牛是什么？我说是小娃的鸡巴！他们就一刀砍了我的右胳膊。我知道我不得活了，就骂黑老七，他们说你再骂砍了左胳膊！我还是骂，左胳膊就砍了。我倒地上还在骂，他们就割我的舌头，最后连奶也割了……”说到这里，另一个就说：“你不要说了，我来给大王说，大王，我夫妻不是狼牙山寨的人，我夫妻是为狼牙山寨死的，为狼牙山寨死的能不能说给你大王呢？若大王不肯理我们，我们这不是死得太冤吗？如果大王能理我们，就把我们也当了狼牙山寨的人，大王奠酒那我们夫妻也能去享受一口了！”脸色更加难看了的白朗不知该怎么处置眼前的事故，他为着两个山主的突然昏厥而担心，也为着昏厥的山主怎么说出这一段全然是别人口吻的话而疑惊，他说：“为我狼牙山寨死的人，当然是有一份美酒。”此话一落，倒在地上的那一个山主便说了：“娘子，你听见了吗，你听见了吗？”遂夫妻两种声调同时说道：“谢谢大王！”而也是两个大王在这一时睁眼坐起来，浑身冷汗淋漓，虚弱无力，犹如干罢了一场最苦最累的活计。众人忙问是怎么啦，他们只说刚才脑子嗡地一下就什么也不知道了。

众人面面相觑而毛骨一齐悚然了，这是一场鬼魂附身的通说无疑，那么，在得胜相庆的今日，在白朗大王酒奠亡灵的狼牙山寨上，召唤来的是多少的鬼魂！兴茂店的夫妻来了，而并不是狼牙山寨的人却为狼牙山寨死去的又何止这一对夫妻，会不会也要通通到来附体通说呢？众山之主和每一个兵卒喽啰都脸色蜡黄惊恐不已，便有年纪稍大的老兵急去将接收的火纸以铜钱拍打了当场焚烧，企图让到来的鬼魂得到一份阴钱而安而息。偌大的纸火蓬蓬燃烧，纸灰如万千黑色的飞鸟在漫空飘浮，并不阻止的白朗也抬起头来，久久地盯着一叶纸灰在那里方向不定地游动，最后就静落在他的头上，他没有拂去。

这时候，从寨子下上来了一队人，形容憔悴衣衫破烂，领头的正是领了白朗的命令下山招收旧部的那个头目。他上得寨来被这纷乱而恐怖的场面所惊，也被白朗大王苦楚得僵硬了脸面的神色所惊，就跪下了，同来的旧部也跪下了，所有的狼牙山寨的兵卒喽啰全都跪下了，齐声叫："大王——！"

大王白朗木木地看着他们，终于趋前扶起了那个头目，问道：

"就召回这么些人吗，旧日的兄弟都不愿再来了吗？"

头目说："回禀大王，只要是旧日的兄弟，全都回来了！"

白朗说："那是三千人呀，三千呀！"

头目说："是的，别的全都死了。"

白朗说："死了?!"

头目说："我走遍了他们所有的家乡，他们是死了。有的是黑老七偷袭盐池时死的，死了三百七十人，有的是盐池战败后逃散出去，先后被官府捉住杀掉的，死了七百二十一人，有的是为了救出大王，前前后后在地坑堡周围战死的，是六百三十九人。只有三十八人没有来，他们是在救你时没有救了却伤了双腿或瞎了双目或伤势过重被人背回去实在不能行走了。"

白朗没有言语，回转过头来说道："是我的旧部兄弟，都站过来吧。"

跪伏在地上的兵卒喽啰有一半站起来，集中到一起了。这是有千人之众，却三分之一的人不是残了手就是跛了腿，更多的则是在头上、肩上、腿上包扎了厚厚的血布。

白朗突然间头后仰向天，哈哈哈哈地狂笑了："我胜利了吗？我是王中之王的英雄了吗?"

这笑声和叫喊异常怪异，使所有的人听见了都打了一个寒噤，一身的鸡皮疙瘩暴起了。赛虎岭的十个山头的大王和黑压压一片的兵卒皆惊骇得看见在火红的如毒刺猬一样滚动的太阳下，白朗的脸色再也不是那么神采奕奕，再也不是那么唇红齿白双目若星，他一下子衰老了，头皮松弛，脸色丑陋，骤然间一动不动，遂身子慢慢摇晃着，摇晃着，最后倒在了地上，远远的那座天元寺的分裂成两柄剑状的石塔同时在一声沉闷的轰隆中崩坍了……

第三日的一个早上，一群妇女在赛虎岭最高的山梁官道上，那一眼唯一的泉水边，看见了一个人挎了短枪过来，全吓了一跳，以为是遇上了一个行歹的土匪或是一个官兵，急忙匿身于草丛里。等那人走近了，却有一个胆大的又能认识此人的女人尖声锐叫："这不是白朗大王吗?"

女人的眼睛是好，他正是白朗。但已经苍老得如一个朽翁的白朗大王，再没有穿着那一件白色的团龙长衣，也没有那一双白色的深面起跟鞋，而是一身肮脏短服，一柄短枪并没有将皮带儿斜挎了肩头，也不别插在腰间，泥土把枪身糊了，也堵塞了枪管，在他上土坎时完全是用着一个短拐杖了。他听见呼他的名字，站住了，却疑惑地看着面前的女人。

"大王认不得我了吗?"那个女人说，"可我认识你的！你想想，当日你被黑老七铁枷绳索地押了路过前面那个山头时，有个说过你长得好，又为你献了一朵野蔷薇，遭到黑老七的喽啰踢过一脚的人吗？那人就是我!"

白朗想了想，想不起来，他摇开头了。

"你当然认不得我了，你是多么有名的王中之王，你又长得那么英俊，多少女子会围着你的，你是不会注意到我一个开店的半老徐娘的。"

女人说罢，放荡地笑起来，旁边的就有人说：“你这是做女人的嘴吗？”女人说：“我说的不是实话吗？你们谁不想着白朗大王？听说许多人家买了大王的像在家供奉，家里的女人夜里老想着，都想疯了的！”

又转向白朗说道：“可是大王，我要说一句冒犯你的话，你不会拿枪打了我吧？你现在可老多了，要不是我见过你，谁还相信你就是英雄大王白朗呢？一定是大王将那么多的女人都收纳了做压寨夫人了吧！大王，你是英雄，又是英俊的男人，你真不该为了那几个狐狸精的娘儿们而将自己弄成这样，使我们从此见了你失望哩！”

白朗还是痴痴地看着这利嘴放荡的女人，却说：“你提水罐吗，能给我喝一口吗？”

女人说：“大王你是怎么啦，你已经走到这泉水边了，你还向我讨喝吗？”

白朗终于看见了那眼山泉，他走近去，放下了短枪，俯身趴就喝起来。他喝得很急，连一颗有着戒印的头也塞入水里。喝毕了，站起身来，嘟嘟呐呐说着什么，又一步步兀自走远了。女人们都惊讶地看着白朗，发现白朗喝了水并没有再挎了那柄短枪，就叫道：“大王，大王，你忘记你的枪了！”

白朗似乎没有听见，渐渐走远了，女人们回到泉边拾起了短枪，枪被太阳晒得焦热，烫得手没抓住溜进泉中了，但入水嗤地一声冲出了一团白气，枪不见了，水底里静伏着一条黑脊梁的银鱼。原来这些女人见到了白朗，虽然白朗是老了，虽然白朗并不理睬她们，但她们想他毕竟是盖世的英雄，是英俊的男人，今生不能与他长生相伴，喝喝他喝过的泉水，就如同是和他嘴与嘴地接吻了，水喝下去也就化作他的血气了。可水里现在有了一条鱼，一摇尾将水搅浑了，且那柄短枪倏乎间又不见了。她们就疑惑了，觉得刚才是一场梦吗？那利嘴放荡的女人就说：“这不是梦也是那个人作了祟的，他哪儿会是白朗呢，白朗作了囚徒时我是见过的，那一阵他还是多么英雄多么英俊，现在狼牙山寨得胜了，狼牙山寨的大王怎么会是他那个样呢?!”

好事的女人受到侮辱，又觉得那人窝囊可欺，就顺着白朗走去的路寻找那人出气，她们走过了很长一段山道，终在一个不起眼的崖根下的石洞，看见了那人盘脚闭目坐在里边。她们先是觉得奇怪，后明白了他果然不是白朗，是一个居止无定，炼精服气，欲得道引吐纳之法的隐人。洞斜而下注，她们不能去拉出他教训，就于洞口再一次问：“你还敢说你是白朗吗?”那人看着她们，说：“是白朗呀。”女人们的愤怒再也不能遏制了，一边将土块掷进洞去，一边大喊：“你怎么是白朗？不准你是白朗！你不是白朗，不是白朗!!”

美穴地

柳子言给姚家踏坟地是苟百都的一顿烂酒后的多嘴惹下的。苟百都使威风，呼啦着漂白褂子，一进门鞋就踢脱了仰在躺椅上说，柳哥，你来钱主儿了，北宽坪的掌柜请你哩！柳子言说，他咋知道我，八十里的路我不去。苟百都一边拔根胸毛吹着一边嘿嘿地笑了：“掌柜不晓得你，苟百都却知道你呢。我带了一头驴子一条绳，你先生是坐驴子还是背绳呀?”驴子在门前土场上烟遮雾罩地打滚，苟百都一扬手，腰间的一盘麻绳嗖地上了梁，再扯下来，陈年尘灰黑雪似的落了柳子言一头。

柳子言就这么跟着苟百都走了。

穿过房廊，金链锁梅的格窗内，四个长袍马褂在八仙桌上坐喝，他们斜睨着柳子言，便把一口浓痰从窗格中飞弹出来了。柳子言耸耸肩上的褡裢，将鞋壳里硌脚沙石倒掉，笑笑地，看鸡啄下浓痰微醉起来，趔趔趄趄绞着碎步。四月的太阳普照。苟百都已经进里屋去禀告了许多时间还不出来。空中飘落下一根羽毛，是鹰的羽毛，要飘到面前了却倏乎翻了墙去。廊头的一只狗随之大吠了。柳子言打也不是，不打也不是，里屋门里便有一声叫道："让我瞧瞧，来的又是哪一路先生?!"声音细脆尖锐。柳子言想，老树一样的财东还有这嫩骨朵儿女儿？遂一朵粉云飘至台阶，天陡然也粉亮了。眉目未待看清，锥锥之声又起："光脸犊子！你真能踏了风水?"酒桌上的长袍短褂立时噤了拳令，重又乜视了柳子言，说句"该是庙会上唱情歌的阿哥吧!"哄然爆笑。柳子言脸涨红了。柳子言的脸不是为谑笑而红，倒是被这女人震住，女人的目光罩住他如突然从天而降在面前的太阳，乍长乍短的光芒蜇得难以睁眼，一时自惭形秽站不稳了。掌柜在内室喊："让先生进来!"狗还在咬，柳子言走不过去，苟百都再唬也唬不住，女人说："虎儿!"腿一叉已将恶物夹在腿缝，柳子言同时感觉到了后脖子有一点凉凉的东西，摸下来是一片嚼湿了的瓜子皮儿，女人很狐地丢过来了一个笑眼。

掌柜在烟灯下问候柳子言，说百都夸你大本事，姚某就把你请到了，姚家上下都是善人，踏出吉地有重谢，踏不出吉地也有小谢。话说得贴妥温暖，柳子言就谦虚着晚辈没本事，但会尽力而为，“有多大的虮子出多大的虱吧”。掌柜也笑了，要苟百都陪先生到后厅单独吃酒去，柳子言身不胜酒，摆手谢免，掌柜就欠起身把烟灯推过来，柳子言也是不抽。风吹动了门帘，琉璃脆儿的帘钩叮叮当当作响，帘下出现了一只穿着窄窄弓弓白鞋的小脚。柳子言知道掌柜的女人站在了那里，他准备着女人要来了，但那鞋尖蠕动了几下却始终没有走进。苟百都后来就领着柳子言从后门出来往坡根去。

柳子言转遍了后坡寻找龙居，几次觉得后脖子似乎还在发痒，痴一会呆，随之拿手拧脸，骂一句“荒唐”，小跑着上坎下涧把自己弄得气喘吁吁起来。苟百都一边提鞋跟一边骂：“你是鬼抬轿了?！你不抽烟，你也该讨个泡儿给我呀！你算×男人，驴子都在后腿跟别个烟具，你倒不会抽烟?！”柳子言坐在了一个土峁下，说：“太阳还没落，你去接掌柜来，吉穴就在这儿了!”西边山一片红霞，掌柜来了。柳子言放着罗盘定方位，遥指山峁远处河之对岸有一平梁为案，案左一峰如帽，案右一山若笔，案前相对两个石质圆峁一可作鼓一可作钗，此是喜庆出官之象。再观穴居靠后的坡峁，一起一伏大倾小跃活动摆摺屈曲悠扬势如浪涌，好个真龙形势！且四围八方龙奴从之，后者有送有托有乐，前者有朝有应有对，环抱过前有缠，奔走相揖有迎，方圆数百里地还未见过此穴这等威风！淫浸到地理学问中的柳子言此一刻得意忘形，口若悬河，脚尖画出穴位四角让下木楔。北角第一楔却打不下去，刨开土看，土下竟有一楔，又下南角楔，南角土下又是木楔。四角如是。掌柜哈哈大笑了：“柳先生真是好身手，不瞒你说，我已请四位高手七天踏出此穴，请你来就是再投合投合的，这里果然是吉穴了!”柳子言却一下子坐在地上，后怕得一身冷汗都湿漉漉了。

夜里，苟百都在厢房里给柳子言铺床展被，柳子言骂：“苟百都，贼，你好赖认识我的，怎不透风是要我来投穴，你成心要捣我一碗饭吗?!”苟百都说：“柳哥你可别没良心，这不是更显摆了你的本事吗？算我瞒了你，我请你客!”便一掌推开后窗，推出了一个黑乎乎世界来，顿时有猫在叫春，有一盏灯幽幽地由小渐大了，幽幽着“回来哟，回来哟……”柳子言便听着苟百都对着那里问话：“喂，谁个?”“我，他苟叔呀!”“西门家的！这般黑了你是来踏掌柜的溜子吗?”“爷！话可不敢这么说，孩子烧得火炭样的烫，我来叫魂呀!”“掌柜今日踏坟地，你家不送礼吗?”“哎哟，真是不知道呀，我明日灌二升小米过来吧。”“有心就是。我给掌柜圆场，小米就留给孩子吃吧，你过会捉只鸡来应付一下作罢。”“实在谢你了，他苟叔!”“不谢。我在这儿等着，来了敲窗子!”苟百都收回头往墙角架柴火了，火燃起来，窗子果然被敲响，苟百都扑啦啦丢回一只鸡来，连嚷柳子言好口福是个母鸡哩！合窗时却又探头出去，问西门家的你手里还拿着什么？西门家的回说这鸡近日怪势，白天不下蛋偏在晚上下，刚才路上就把一颗屙下来了。苟百都便变了脸，说：“鸡已经是掌柜家的了，你怎敢就拿掌柜的鸡蛋？递过来！”递过来就在窗台上磕了，一口吸干。

鸡并没有杀脖开膛，活活拔毛。屁眼上捅过铁条就架烤到火上了，苟百都一边说鸡还叫唤着什么呀，一边抓了盐往流油的鸡身上撒，嚷着“好香，好香”！后来就撕下一条腿给柳子言。突然门哐啷推开，风把墙窝子的灯扑灭：“好呀，百都，又杀谁家的狗偷吃?!”柳子言立即听出是谁来了，吓得一口吐了鸡肉，退身到柴火黑影处。

苟百都嘿嘿笑着：“四姨太，我知道你会闻香来的。一条腿正给你留着，牙签也给你预备了的！”

黑影里的柳子言终于看清了火光涂镀了的女人的俏样，但他吃惊的是这女人竟不是掌柜女儿！四姨太，有这么年轻的四姨太吗?

四姨太伸手去接苟百都递过来的鸡肉时，发现了柳子言，女人的眉尖一挑，遂平静了脸道：“哟，先生也偷吃嘴儿！偷吃香吗?”柳子言好窘，女人偏死眼儿看他，“北宽坪的女人都是单眼皮，柳先生倒是双眼皮！先生吃肉，也不让让我吗?”

柳子言便说：“四姨太你吃！”

“好，我吃你的肉!”女人把柳子言的鸡腿接过咬一口，嘴唇噘噘地翘开。柳子言说：“太烫的。”女人说：“我怕揩了口红哩。口红还在吗?”嘴更噘起来，红圆如樱桃。

这一宵，柳子言没有睡好。一贯沉静安稳的先生感觉到了浑身燥热，兀自地翻来覆去睡不着，唠唠叨叨的苟百都由鸡肉叙谈起他的食史，吃过了除弹灰掸子外的长毛的飞禽，也吃过了除凳子外的生腿的走兽。“你吃过吗?”他没有吃过，睁眼看着又点亮的一盏燃着独股灯芯的矮灯檠，柳子言的心如同墙壁上的灯影一样晃乱了迷离的图景。如果在往常的柳子言，白日在驴背上颠簸八十里，又在北宽坪的后坡跑动一个后晌所构成的疲倦，一挰上枕头就睡着要如死去，不想现在却回想起了八岁的孤儿跟随师傅在玄武山上学艺的情形，想起了这么多年每日为人踏勘风水的生涯，不该走的路也走了，不应见的人也见了，人生真是说不来的奇妙。便是今日的事情，当初怎么被苟百都知道了自己，要挟而来，竟认识了北宽坪财名远播的掌柜和他的四姨太，一个怎样艳丽的美妇啊。

一提起美艳的四姨太，柳子言耳膜里，就消灭不了女人尖尖锥锥的调笑，只有小孩子才会有的放肆出现在大户人家少妇之口，别有了一种的大方，甚至是浪荡，以致使少年热情的柳子言就如在一块林中新垦的沃土上，蓦地撞着了一只可人的小兽。为了他，女人在台阶上把狗扼伏胯下，身子在那一刻向一旁倾去，支撑了重量的一条腿紧绷若弓，动作是多么的优美。为了保持身子的平衡，另一条腿款款从膝盖处向后微屈着；胳膊凌空下垂的姿势，把一领缀满了红的小朵梅花的白绸旗袍恰恰裹紧了臀部，隐隐约约窥得小腿以下一溜乳白的肌肤。且一侧着地将鞋半卸落了，露出了似乎无力而实则用劲的后脚。是的，这样素洁的肥而不胖的一只美脚，曾经又在门帘下露出一点鞋尖，柳子言能想象出那平绣了一朵桃花的几乎要鲜活起来的鞋壳里，一节节细嫩的五根趾头和玉片一样的趾甲了。

对于柳子言，这无疑是一种不可思议的奇迹，他从未见过一个鹤首鸡皮的老头娶得如此鲜嫩的年少妇人，且又是他第一回一见而心跳不已。后脖子又酥地一下痒了，一片被女人香唾嚼湿的瓜子皮永远使那一块皮肉知觉活跃，这时候的柳子言不免又想起了初黑天时一句“男人倒长双眼皮”的赞语。这样的话，柳子言可以在每一处地方差不多听到，皆觉无聊之风，过耳即消；唯这一次经这女人说过了，那一时手脚无措，鼻尖上都沁出汗来。现在回想，那是多么憨傻的一副村相哪！也是确确实实的事，以自己英俊的面孔，高出一般内行人的勘舆本事，蛮能得到一位人物整齐的妻子长相厮伴。但走南过北的柳子言至今一把锁封了家门，日日背着装罗盘的褡裢流浪了。如果从小就窝在家里种地牧牛什么也没见过，独身也就安心独身，而如今经见了万千世事，又偏偏目睹了一个枯老头的妙龄姨太，柳子言恨起这巧讨饭一般的风水家技艺，而苍苍茫茫地一声浩叹了。

噗地一口吹灭灯盏，柳子言不忍在若即若离的灯芯光焰中淫浸往事，坠入幽深的黑暗。但院中的狗还在咬，遂听见一声“虎儿”，接着有一串细微的金属丁零的音响，柳子言不觉屏息而静，双眉上的额心像要生出一只眼来也似透视了院中的一切。女人已经是换了一件圆领的晚服短衫吧，那短衫使女人别有了一种与白日不同的柔媚，情致婉转，将粉颈根两块突凸的锁骨微微暴露，女性的美艳皆如四姨太这一类，该肥的胸部和臀部浑圆，该瘦的后脊和两肋则包骨不枯。她牵着狗的铁绳走过，铁绳使她柔不胜力，牵住一头其余软软拖地，一径经过了公公病瘫卧床的窗下，经过了吃斋的婆婆诵着祷告之声的经房，然后就息睡到掌柜的床上去吗？真的，一双退了脚去的红尖白鞋，在床下是怎样的一对停泊了的小小船舟，送去了一枝带露淋淋的花朵偎于一根已朽腐的枯木边了。

这般想着的柳子言陡然睁圆了眼睛，脱口在黑暗中说：“苟百都，你家的四姨太好风流！”

“世上的好女人都叫狗×了！”苟百都全然未睡，似乎正被一种事情所愤怒着。“你也想着四姨太呀?!”

一句话破坏了所有的美妙遐想，柳子言后悔着叫起这粗俗丑恶的下人。苟百都却连连砸着火镰，要点灯，火石爆溅着细碎的光花，在反复明灭的灿烂里，柳子言看见了掀被而坐的赤条条的苟百都，他把头别转了。苟百都说："把纸煤递我，纸煤在你床头墙窝里！"柳子言没有去摸纸煤，说声"给！"将一团火绳扔过去却故意失手把灯檠哐啷打翻了。苟百都骂了一句，摔了火镰，却说起掌柜怎样地不行，吃人参鹿茸也不行，四姨太就不止一次地在那松皮脸上抓下血印，养了"虎儿"对她亲热。"柳哥，你信不信？"柳子言不作声。"反正我是信的！"苟百都咽了一口唾沫，"咱行的，可咱不如一条狗么？！"

柳子言不愿再听下去，发出了悠长的鼾声。苟百都说："不说了不说了，柳哥，你是踏坟地的，坟地真能起了作用吗？"

柳子言说："不起作用，掌柜的能请这么多人来？"

苟百都说："四个先生踏的穴，你一来踏的还是那个，这么说姚家的坟地是最好的了？"

"最好。"

"还有好的吗？"

"有是有，北宽坪怕也没有再胜过的了。"

"妈的，那他姚家世世代代要做财东，要睡好女人了？！"

天明，柳子言起得早，站在院子里仰头看一棵枣树。四月里的叶芽长得好快，生着刺的，硬着折弯的枝柯，把天空毛茸茸地割裂开了。四姨太抱着两床绿被往廊前的绳上晾，轻轻就咳嗽一下，柳子言一转头，绿被与绿被之间恰恰地露一副白脸正笑着看他，这景象在柳子言的感觉中妙不可言，想到了荷塘里的出水芙蓉，兀自地发呆了。女人说："先生起早呀!"柳子言便说："四姨太也起得早!"女人从被子下钻过来，抱怨着掌柜微明送那些风水老先生，随路又要去前村的铺子里收取些银圆，害得她没瞌睡了。"先生看枣树看了那么久，枣树上有花吗?"女人已经站在柳子言的身边了，并没有看枣树，却看柳子言的脸。柳子言慌了，竭力饰其中机，不敢苟笑，说："瞧，枣树上有一颗枣哩!"枣树梢是有一颗去年的陈枣，虽有些瘪，却经了一冬一春的霜露更深红可爱，女人也就瞧见了。

"我要那颗枣哩!"女人突然说。

柳子言摇了一下树，天乱了，枣没有落下来。

"我要哩！你给我摘下来嘛!"女人仍在说。

面对着同龄的已经噘了嘴撒娇的四姨太，柳子言也忘记了被雇请来的手艺人的身份，忽地鼓足了勇敢，一跃身抓住了树枝，一只手扯着一只手竭力去摘干枣，将一颗在满掌扎着硬刺手心中的枣儿伸到女人面前。女人却没有去取，喜欢地说："你真老实!"喘笑着竟往厅房去了。

一时间，柳子言窘起来，女人已上了台阶，回身向他招手：“傻猫，你不来挑挑刺吗？”脖脸仍窘烧不退。遂走到厅房，却不见了女人，兀自用牙咬着拔掌上的刺，无法拔净，女人却又在东边的小房里轻唤“进来呀！”柳子言再走过去，一挑帘子，房内的窗布并没拉开，光线暗淡，幽香浮动，女人竟已侧卧于床上，靠的是一垒两个菱叶花边的丝绵枕头，身子细软起伏，拥上去的月白色旗袍下露着修长如锥的两条白腿。柳子言的胸中立时有一只小鹿在撞了，欲往出退。女人说：“不挑刺了吗？”“我已经拔出了。”“是吗？”女人翻身下来，拉柳子言于床沿坐了，“先生不用我的针了，我可得求先生事哩。你识得阴阳，一定会医道的，你凭凭脉，这夜里总是睡不稳呀！”一只手就伸来平平停放在柳子言的膝上了。柳子言何尝识得病理，听了女人的话，不知怎么的，竟也伸出三枚指头扼按了女人的玉腕。是的，女人的脉在汩汩跳着，柳子言的三枚指头跳得更厉害，如此近的靠着女人且扼按了人家的手！柳子言如果真会凭脉，脉象里的强弱沉浮能告知女人夜里睡不稳，害的是和自己昨夜一样的心思吗？是一样的心思了，该要说出些什么样的话语，透出心迹呢？但是，但是，或许这女人真的有病，是诚恳在请教着一个医家郎中呢？柳子言后悔了不懂装懂，他的手现在是再也取不下来，一瞑目，深自痛恨起来了。为什么有了这样的对于四姨太不经的妄念呢？自己对医药常理一窍不通，却要将一夜的痴恋发展到这步举动来作伪行骗，这不是很可卑的吗？紧张得出了热汗又自悔的柳子言这么想，又为自己的检点发生了疑问。看见了一个美妇人而生爱恋，这爱恋又是他第一次萌发，这当然算不得什么可卑，如果见了美艳的女人冷若冰霜心如死灰，柳子言就不是今日的风水先生，而是一截木头一块石头了。既然女人的玉腕已在怀中扼按，不识凭脉也得像模像样地凭一次脉了。柳子言终于心静下来，感觉到了女人的脉正和自己的脉同一节奏地跳跃。为了庄重起见，他侧勾了脑袋，但控制住的思维在不久就又恍惚出游，头虽没有抬，却知道女人一眼一眼地瞧着他，而窗布关不住的一格细缝里透进了一道耀眼的阳光，使万千的微物一齐在其中活活飞动，同时衬映出了女人脸上的一层茸茸细毛所虚化的灵晕般的轮廓。这时候，一只小鼠从房角的什么地方溜出来，作了一个静伏欲扑的姿势，遂钻过门槛不见了。柳子言不知怎么说出了一句："有猫吗？"

"毛？"女人轻轻地惊了一下，明显地平放在那里凭脉的手在骤然间发胀了。柳子言抬起头来，看见女人一脸羞红地说："不多……稀稀几根。"

柳子言立即明白了女人的误会，暗暗叫苦了。怎么能提问这些无聊的话呢？凭着感觉，女人是喜欢了自己，起码可以说并不讨厌，方在没人干扰的空房里能让他凭脉，一旦认定了淫邪而反目，岂不同这可爱的女人连话也说不成了吗？柳子言赶忙解释："我，我……"女人却在羞红脸面的瞬间被另一种东西所刺激，被凭脉的手捏成了一个小小的软拳捶在他的肩上，喘笑道："你这是什么先生？你这是什么先生？"拢在头上还未完全梳理好的一堆乌发就扑撒而下，摩抚了柳子言的额角和一只眼，以至在一副软体失却了平衡倒过来的时候，柳子言一揽胳膊，女人已在怀里了。

突如其来的变化，不期然而然，柳子言如梦中从高崖下纵身跳下，巨大的轰鸣使心脏倏乎停息了，他疑惑着这是不是现实，又一次注视了在怀中已微闭了眼皮而嘴唇颤动的女人，头脑里极快地闪过这女人怎么就委身于我的问题。是真的钟情了我还是个淫荡的雌儿或者更有什么阴谋而陷害我？如果在怀里的不是掌柜的女人，是普通人家的待嫁的姑娘，这一切顺理成章的事情就会有了。但自己一个被姚家雇请来的贫贱之人怎么能干这种越礼违常的事体呢？正如苟百都所说，这是个饿慌了的娘们儿，这一刻里淫情激荡。为了满足自身而要他充当一个工具，作用如同一条狗吗？坦白的仍是纯洁童子身的柳子言这么一思索，笨拙得竟不知如何来处理这个女人。再一次看女人，女人眼睛睁开了，燃烧着火一样的光芒，樱红的口里皓齿微开，柳子言的血又重新涌脸，将刚刚闪现出的思索又都粉碎了。他把女人再次搂紧，潜意识里似乎明白面对着的将是一盏鸩酒，但鸩酒的泛着嫣红颜色的美艳，使他只感到心身大渴。

柳子言把四姨太放倒在了床上，解开旗袍，看见女人白腴的肚皮上裹着一件艳红的裹兜。“不要看，你不要看!”柳子言手足慌乱满头大汗……终没有成功，他便很快一脸羞红地跑出门了。

出山的太阳已经灿灿地照着了半个房廊，院中枣树上落下一只翘尾的喜鹊在欢快地叫。小房里的四姨太在砸摔着茶碗，踢倒了凳子，随之一疙瘩东西从窗子里甩出，哭声就起了。柳子言看见了那是女人的红裹兜，兜带儿全然撕断。

贼一样回到厢房的柳子言，心仍跳个不住。他怨恨着自己的无能，原来是这样一个泪蜡头的男人吗？他想，虽然并没有从肉体上接触女人的经验，但自己并非无能呀，为什么那一时竟会心狂力弱呢？柳子言回想着刚才的场面，便听到了狗咬，去村前河里挑水的苟百都在房廊口喊：“四姨太，你拦拦你的狗呀!”他就为刚才的事件怕起来，庆幸没有成功而避了被人撞见的危险。到了这时，柳子言又怀疑了女人大白天主动于他是不是故意让人家发觉而加害他，最起码要使他免去踏勘坟地的报酬吧。或许女人在淫心激荡后而未有满足，恼羞成怒，待掌柜回来又是怎样地指控着他强行奸淫的罪恶呢？

挨到了苟百都叫他说掌柜召见，柳子言站在掌柜的面前坐也不敢坐。

“坐呀。”掌柜说：“你给我踏了吉地，我说过要谢你的，这些银圆够吗?”这时候，柳子言看见了八仙桌上齐齐摆了五个银圆柱儿，森森放着毫光。

柳子言心放下来。他看着掌柜核桃一样的脸，脸上读不出什么阴谋和奸诈，便知道四姨太并没有告发他。他说：“我不收你的钱，能帮掌柜出些力我就满意了。”掌柜说：“那怎么行？总得补补我的心意呀，那么，你看着我家的东西，看上了什么你拿一件吧!”

柳子言的意识立即又到了四姨太的身上，连遗憾着自己的失败，却同时为自己被艳丽的女人钟情感到得意和幸福。那场面的每一个细节皆一齐在甜蜜的浸泡下重新浮现，将会变成一袋永远嚼不尽的干粮而让柳子言于一生的长途上享用了。这么想着，不禁心里又隐隐地发痛，一个身缠万贯的财东的女人爱上了自己，一个家穷人微的风水先生，在背后是多么放纵着痴恋，却在她的赐予面前阴暗地审视着她的不是，这不是很耻辱的事吗，很下作的事吗？唉！唉！讲究什么走州过县的见了世面，讲究什么饱肚子的地理学问，屁！忧虑，怀疑，胆怯，恐惧，再也无法弥补地辜负掉怎样的一个清新早晨啊！柳子言歪头斜视了一下旁边的小房，门帘依然垂着，那女人并没有出来。“即使她出来送我，我还有什么脸面再见她呢?”柳子言盯起阳光流溢的厅外院子，院子里的捶布石下软着一疙瘩红，是女人发泄恼恨扔掉的裹兜。他终于说了：“掌柜是大财东，能到你家，我也想沾沾姚门的福气，如果掌柜应允，院子里的那块红布能送我，我好包包罗盘呢。”

掌柜在吉地上拱好双合大墓的第七天，久病卧床的姚家老爷子归天了，灵柩下埋在了墓之左宅。三年里，姚家的光景果然红盛，铺子扩充了五处，生意兴隆，洛河上的商船从南阳贩什么赚什么，北宽坪的四条大沟田畦连庄，逃荒而来的下河人几乎全是姚家的贱户。逾过八年，姚母谢世，姚家又是一片孝白，双合大墓将要完全地隆顶了。

苟百都仍在姚家跑腿，仍是夜里不在房中放尿桶，数次起来去茅房要经过掌柜的窗下听动静，回来睡不着了，就上下翻饼似的胡折腾。姚母去世，依然要披麻戴孝的苟百都却不能守坐灵前草铺，也不可拿了烟茶躬身门首迎来送往各路来客，他是粗笨小工班头，恶声败气地着人垒灶生火，担水淘米，剥葱砸蒜。在龟兹乐人哀天怨地的唢呐声中，苟百都听出了别一种味道，为自己的命运悲伤了，他注意了站在厅台阶上看着出出进进接献祭品的四姨太，这娘儿们穿了孝愈发俏艳，他突然冒出一个念头：怎么死的不是姚掌柜呢？现在，苟百都被掌柜支派了去坟地开启窠口，苟百都实在是累得散了架，但他又不能不去。背了镢头出门，经过四姨太身边，故意将唾沫涂在眼上，却要说：“四姨太，你别太伤心，身子骨要紧哩！”

四姨太说："呸！苟百都，你是嫌我不哭吗？"

苟百都说："我哪里敢说四姨太？其实老太太过世，这是白喜事。再说，老爷子住了吉穴使姚家这多年爆了富。老太太再去吉穴，将来姚家的子子孙孙都要做了官哩！"

四姨太说："你个屁眼嘴，尽是喷粪，又在取笑我养不出个儿吗？我养不出个儿来，你不是也没儿吗？要不，你儿还得服侍我的儿哩！"

苟百都噎得说不出话来，在坟地启寐口越启越气，骂姚掌柜，骂四姨太，后来骂到柳子言把吉穴踏给了姚家，又骂自己喝了酒推荐了柳子言好心没落下好报。整整半个早晨和一个晌午，一个人将双合墓的宅右门的寐口启开了，苟百都索性发了狠：姚家发财，还不是靠这好穴位吗？你掌柜有吃有穿，老得咳嗽弹出屁来，却占个好娘儿们，还想世世代代床上都有好×！一镢头竟捣向了严封着的左宅门墙，喀啦啦一阵响声，门墙倒坍，一股透骨的森气当即将他推倒，且看见那气出墓化为白色，先是指头粗的一柱直蹿上去，再是于半空中起了蘑菇状，渐渐一切皆无。苟百都死胆大，站在那里捋捋头发又走进去，那一口棺木尚完好无缺，蜘蛛则在其上结满了网，若莲花状，也有官帽状，官帽只是少了一个帽翅罢了。苟百都听人讲过，棺木上有蜘蛛或蚂蚁结网绣堆便是居了好穴，网结成什么，蚂蚁堆成什么，此家后辈就出什么业绩人物。而苟百都此时骇怕了，他明白了他是在出散了姚家的脉气，坏了姚家世世代代作威作福的风水，禁不住手摸了一下脖子，恍惚间看见了有一日自己的头颅要被掌柜砍掉的场面。但苟百都随之却嘎嘎狂笑了：“姚掌柜，姚老儿，苟百都不给你做奴了，我帮你家选的穴，我也可坏你家的风水的！”

姚家明显地开始衰败，先是东乡的染坊被土匪抢劫，再是西沟挂面店的账房被绑票，接着洛河上的商船竟停泊在回水湾不明不白起了火，一船的丝帛、大麻、土漆焚为灰烬。掌柜怨恨这是坟地散了脉气所致，一提起苟百都便黑血翻滚，提刀将八仙桌的每一个角都劈了。但逃得无踪无影的苟百都再没在北宽坪露面，只是高薪请了会“鬼八卦”的术士画符念咒，弄瞎了远在深山的苟百都的老娘一只眼睛。

约莫三年，正是稻子扬花时节，掌柜在为其母举办了最后一个服孝忌日的当晚，与四姨太吵了嘴，闷在床上抽烟土，村人急急跑来说是在村前的稻蔌地堰头见着苟百都了。苟百都一身黑柞蚕丝的软绸，金镶门牙，背着一杆乌亮的铁枪。问：“苟百都，你回来了，这么多年你到哪儿去了？”苟百都把枪栓拉得喀啷响。问话人立即脸黄了：“噢，老苟当逛山了?!”苟百都说：“你应该叫我苟队长，唐司令封我队长了！”唐司令就是唐井，威了名的北山白石寨大土匪，问话人赶忙说：

"苟队长呀，怎不进村去，哪家拿不出酒也还有一碗鸡蛋煎水呀!"苟百都说："我等个人。"问："等谁呀?"苟百都躁了，骂："你多嘴多舌要尝子弹吗?没你的事，避!"掌柜听了来人的述说，跳起来把刀提在手里了，又兀自放下，一头的汗水就出来了，掌柜明白了铺子遭抢，商船被焚的原因，也明白了当了土匪的苟百都在村口要等的是谁了，立时脸色黑灰，拉了四姨太就走。四姨太说："我就不走，苟百都当年什么嘴脸，不信他要打我?!"掌柜翻后窗到后坡的涝池里，连身蹴在水里，露出的头上顶个葫芦瓢。直到苟百都在天黑下来骂句"让狗日的多活几天"走了，来人方把掌柜水淋淋背回来。

又是一夜，人已经睡了，北宽坪一庄狗咬。村口嘹哨的回报着苟百都又来了，是四个人四杆枪。掌柜又要逃，大门外咚地就响了一枪，苟百都已经坐在门外场畔的石滚子碾盘上。不能再逃的掌柜心倒坦然起来，换了一身新衣做寿衣，提上灯笼出来说："哪一竿子兄弟啊?哎哟，是百都贤弟!多年了，让哥哥好想死你了，你怎地走时不告哥哥一声就走了?今日是来看哥哥了!"

苟百都说："听说北宽坪来了几个毛贼，唐司令要我们来拿剿，毛贼没害扰掌柜吧?"

掌柜说："有苟队长护着这一带，毛毛贼还不吓得钻到地缝去!来来来，把兄弟们都让进屋来，今日正好进了几板烟土好过瘾!”

苟百都领人进了屋，还是把鞋脱了仰在躺椅上，急去抽那烟土，一抬眼，却愣住了。四姨太从帘内出来正倚着门框，一腿斜立，一腿交叉过来脚尖着地，独自冷笑，噗地就吐出一片嚼碎的瓜子皮儿。苟百都说：“四姨太还是没老样儿！我记得今日该是老太太的三年忌日，四姨太怎没穿了更显得俏样的孝服呀?”四姨太说：“百都好记性，知道老太太今日过三年!?”掌柜忙斥责女人没礼节，应给苟队长烧颗烟泡才是。四姨太仍是嚼着瓜子，款款地走近烟灯旁，苟百都便伸手于灯影处拧女人的腿，女人一趔身子将点心盘子撞跌，油炸的面叶撒了一地。苟百都忙要去捡，四姨太说：“沾土了，让狗吃吧!”一迭声地唤起狗来。

苟百都在女人面前失了体面，脸色就黑了，说：“这虎儿还听四姨太话么!”顺手抓过枪把狗打得脑门碎了。枪一响，满厅药烟，姚家上下人都失声慌叫，掌柜笑道：“打得好，咱们口福都来了！今晚吃狗肉喝烧酒，这狗皮你百都贤弟就拿去做了褥子吧!”

苟百都却懒懒地说：“今日不拿，你让人熟了，改日送到白石寨就是。”

熟好的狗皮送去，苟百都捎回的口信是：苟百都再不要掌柜的一分一文，只想和姚家认个亲哩，如果把四姨太嫁给他，掌柜也永远是苟百都的仁哥哥。

十天后，得了红帖的苟百都真的骑了一匹披着彩带的黑马去到姚家。苟百都就把四姨太抱上马背，自己也骑上去，回头对掌柜拱拳道："仁哥哥留步吧!"四姨太却说："老当家的，我要走了，夫妻一场，你不再来给我整整头吗?"掌柜突然老泪纵横，过来要抱了四姨太痛哭，女人却一口啐在他脸上骂道："呸！老龟头，你就这么让姚家的一个跑腿的抢了老婆吗?!"掌柜昏厥在台阶上。

一匹油光闪亮的乌马像黑色闪电一般地驶过了北宽坪，晨霭浮动，河蛙乱鸣，丑陋而剽悍的苟百都在这个美丽的早上并没有奔上白石寨，他为巨大的快乐所激荡，纵马在河川道的石板路上无目的地疾驰。直待到火红的太阳一跃跳出山巅，马已经通体淌汗，他才揽了缰绳，往五十里外的老家而去。身子发热，那一顶黑绒红顶的礼帽不知滚落在了哪一丛草中，敞开褂子，风摆旗般地啪啪直响，而锃亮的长枪斜背身上，枪带已紧勒进一疙瘩一疙瘩隆起的胸肌里。浑身被汗浸得热腾腾酸臭的汉子，一手牵着缰绳，一手死死地搂着面前的女人，女人像被蛇缠住了一样无法动弹，先是不停地惊叫，再后便被颠簸和胳膊的缠裹所要窒息，迷迷晕晕，只剩下一丝幽幽喘吟。

"四姨太，"他说，"不！不不！你终于是归了我的娘儿们，你是我的老婆！你哭吧，闹吧，踢我的肚子，咬我的胳膊吧，我就喜欢你这个烈性子雌儿！你唾那老家伙一口实在解气！你这么闹着也实在解气！你知道吗？在我给姚家当使唤的年里，我每夜叫着你名字入睡，可你宁去抚摸狗不肯伸给我一个指头，现在你却是我的老婆了！”

女人从昏迷中知觉过来，她的后脖子被苟百都的嘴吻咬着，涎水湿漉漉顺脖流向后背，那一只蒲扇般粗糙的手扼着她的左乳，且有两个指头在掐着乳头。她知道她现在是一只小羊完全被噙在了一只恶狼的口中。在姚家十多年里，不能说没有吃好和穿好，但她厌恶着干瘦无力连胡子都不扎人的掌柜，她因此而使尽了执拗性子，摔碟打碗，耍泼叫喊，想象着她能在一种强有力的压迫下驯服和酥软。如今这土匪苟百都给了她这种强力，她却是这么恐惧和悲伤！往昔受她戏弄的人，面孔丑陋，形体肮脏，那么再往后，也就在今日的晚上竟要爬上自己的身上吗？她后悔在掌柜极度痛苦的决定后她竟如释重负又怀有一种幸灾乐祸的心情所发出的笑声，也后悔今天早上没有悄然遁逃或撞柱而死反倒顺从地被苟百都抢上马背！女人在这时，感觉却回到了姚家，可怜起那个瘦弱的财东姚掌柜了，遂一口咬住了扼着她左乳的那只手，血从嘴角流下来。苟百都一松手，她迅疾地扭转身，啪，啪，啪，将耳光扇在了那一张毛孔里溢着油汗的丑脸上，骂：“你是什么猪狗，你能娶我吗？你这洗不白的黑炭！你尿尿都是黑水！”

苟百都被这突兀的打击震住了，一时出现了在姚家跑腿时的下贱呆相。但刹那间，这土匪丢开了马缰绳，一手按住了女人的下巴颏儿，一个勾拳向她的腹部打去。这一拳打得太重了，女人呀地在马背上平倒了上半身，呼叫着，喊骂着，四肢乱踢乱蹬，苟百都按着，看见勾拳打下去时指上的戒指同时划破了肚皮，一注奇艳无比的血，蚯蚓一般沿着玉洁的腹肌往下流，这景象更大刺激他的兴奋了，浑身肌肉颤抖着，嘿嘿大笑。像在案板上扼住一只美丽的野鹿，一刀刀割破脖子而欣赏四条细腿的挥舞；如逮住了老鼠浇上了油点着放开，看着在尖利的叫声中一朵焰火飘动。苟百都就这么慢动作地扯开了女人的裤带，剥开了女人的衣裤，将身子压下去。

马还在跑着，受惊似的几乎要掠地而飞。犬牙相错的山峰在跳跃中纷纷倒后，成群的蚂蚱于马蹄下飞溅在枪托上留一个绿印而瞬息不见。苟百都张大了嘴发出怪叫，在女人的身上终于结束了自己一段漫长的历史，女人肚皮上的血也同时粘上他的胸毛，干痂成一片，揩也揩不掉。受到了从所未有的震撼的女人，如风中的柳树曾经左倒右伏，但就在几乎一时要摧折了去之际，又从风中直立而起，无数的反复冲击中失去了知觉……她终于在马放慢了步伐悠悠而行的时候，一句话也说不出来，作为一个女人，毕竟是一个女人，再也没有了在姚家的掌柜面前的泼悍和任性，她说：“你真是个土匪！让我到河边去，我要洗洗。”

苟百都停住了马，放她而下，苟百都俨然已成为一个伟丈夫，并不防备她逃走，懒懒地看着头上的太阳闪耀光刺，看着女人走到河边双手掬水再让水从指缝漏下，银亮亮如撒珍珠。水里落着女人的影子，她撩水洗起下身，像要把一切都洗掉去。

这时候，河对岸的一条小沟里，山路上正踽踽地走下来一个人。路细乱如绳。女人看了一眼，提了裤子又垂头洗脸，觉得那人是牵着绳从沟垴下来的，或是绳拉他而来的。但那人在河边站定了，惊疑地哦了一声，随之叫道：“四姨太!”

从水面上传过来的叫声并不高，且颤颤地如水溅湿了发潮发沉，女人却倏乎间蜂螫一般地冷丁了。多熟悉的声音，又多陌生的声音，多少多少年里只有在睡梦里听到了醒来却茫然四顾而慢慢麻木淡忘以至重重遗失得没了踪迹的声音，如远山里吹来了一缕微风，如大海的深处泛上了一颗泡沫，她的一根神经骤然生痛了。她再一次看着那人时，马背上的苟百都已经认了出来，张狂喊道：“柳先生！咋就这碰着柳子言你狗×的哥了!”

柳子言在喊声中看到了马背上背了长枪的苟百都，他要从河水面上跑过来的腿僵硬了木桩似的戳在沙里：“是苟百都呀，听说你当粮子逛山了，是唐井的队长了，果然是！你这是往哪儿去呀?”

苟百都说:“柳子言,我告知你,我今日娶了老婆了,你该是第一个恭贺我的人!”

“娶了老婆?”柳子言看着苟百都在太阳下咧着金牙的嘴,他想戏谑了。“娶的是哪一位,能压了寨吗?”

“你瞧瞧,你叫过她四姨太的!”苟百都说。

女人已经立直身,隔河望着柳子言。望着依旧是长袍短褂背着褡裢的柳子言,他虽没了往昔的年轻,但英俊依然!女人张开了嘴,感觉到的一颗心跳到喉咙了,噎了噎却并没有吐出来,她注视柳子言听到苟百都娶了她的话后表情,果然笑容陡然硬在脸上,喑哑了似的长久地没有说话,脚下的松沙在陷落,水汪上来湿了鞋面裤管,人明明显显地矮下去了一截。“柳先生!”她叫了一声。但她的耳朵并没有听到她的声音;柳子言也没听到,却怔怔地瞧她一眼,那是多么悲惨的一眼啊!

“娶了四姨太?”柳子言面对着苟百都,声音已变调了,“你是枪打了姚掌柜?!”

苟百都却说:“娶亲是吉利事,怎么能杀人呢,好女人就不兴咱×吗?”

柳子言勾了头就走,却忍不住还看一下河这边的女人,踉跄而去,石头就无数次地将他绊倒,绊倒了爬起来还是走。

艳阳下女人身子摇晃着返回来，说："走吧。"牵着苟百都的手上了马背。苟百都笑骂一句"呆先生"，一松缰绳，噘嘴吹着口哨，马噔噔地跑起碎步，伴响起风前的鸟叫，流水的鸣溅，再一揽胳膊重新要箍了女人的腰，女人突然锐声说："我要柳先生！"

苟百都勒了马："你要柳子言？"

女人反转了身来再说一句："要柳子言！"更直直看着苟百都，随之噘了小嘴，将两道尖眉也翘挑了。粗悍的土匪在暂短的疑惑中为女人的变化无常的脾性开心了，这是真正成为自己老婆后的一种要强吧，在姚掌柜面前的那种四姨太式的泼劲重演，是女人终于从哭闹而转为顺悦的标志吧？苟百都喜欢女人像烈马般的暴躁而在降服过程中得到快愉，同时也喜欢在降服之后看马时不时抖抖臀部，耸耸耳朵，或者毫无缘由地喷一个响鼻。"你要柳先生，看上他那小白脸吗？"他也来了调侃。

女人说："柳先生是咱见到的第一个熟人，他没有祝福咱们一句话，你就让他走了？"

苟百都觉得妇人言之有理，扭转马头，柳子言已经离他们很远了，便举枪在空中叭地放了一枪。枪声很脆，震动着河谷，踉踉跄跄的柳子言在突兀中惊跌在地。枪声震掉了崖头的松石哗哗啦啦掉下来的时候，也震掉了一时涌在心头的懵懂，顿时清醒于往事的追忆中。多多少少的岁月，他离开了姚家，再没有遇见过像四姨太美艳又钟情于他的女人，谁能在踏过了风水之后还器重一个贫贱的风水先生呢，没有的。愈是为自己的命运悲哀，愈是为失掉了四姨太的情爱而痛惜。一件记载着女人的懊恼和怨恨的红绸裹兜，便一直视为定情物贴身穿在自己的童子体上，他细细感受着红裹兜的柔软，体会着红裹兜穿在女人身上时的情景，就不免有一阵幸福的眩晕。他曾经数次徒步赶到北宽坪来，希望能见到一次四姨太，如果四姨太提着瓦罐在泉边汲水，他会将她从泉台上抱起而不管瓦罐摔成七片还是八片；如果在山坡上见到捡菌子的四姨太，他会将她放平于蒿草之中，并使蒿草千百次晃动不已。柳子言的暗恋放诞了奇异的光彩，一看见了北宽坪后的山峁上的那个古战场残留的石堡，就心身皆进入恍惚之境，觉得曾经是有一个夜晚，月色清丽，空气甜润，他们携手登上石堡，一任小小的窗洞里呜呜长鸣，也一任露水湿了他们的睫毛也打湿了鞋袜和裤腰，静静地躺过了千年百年……但是，每一次山下村庄的鸡犬之声破碎了他的幻想，远远看见了姚家炊烟直上的屋宅，他却不敢再走下去，落泪独坐，几次已疑心自己是风化成一块石头了。

这日葫芦峪有人家请去踏坟地，葫芦峪可以从另一条沟直达，脚仍是不自觉地拐进北宽坪的山路，他愿意多绕道数十里看看心爱的女人居住的地方，谁知现在女人竟一河之隔，活生生的，就站在他的面前！

令柳子言悲惨的是女人竟不再是姚家的四姨太，她成了逛山土匪的老婆！在柳子言的意识深层，他爱着这女人，但这女人真正要成为自己的老婆长年相厮那纯是远山头上的一朵云，登上山头云则又远，他们的缘分恐怕只是一种偶然的相遇相爱。因此，在痴恋转为暗恋的漫长日月中，柳子言不管怎样跋涉到北宽坪的山上希望去见到四姨太，到最后都将是一种单相思。唉，自己就是这般的薄命，只能在盐一样的生活中把她的身影腌咸了，风干了，在孤独寂寞中下酒吧。问题就在于，女人是姚财东的姨太也好，是另一个什么官家的娘子也好，他柳子言有什么办法呢？可现在女人成了黑皮臭肉的苟百都的老婆，却实在无法接受！粮子，逛山，土匪，就全凭那一杆能喝血吃肉的长枪吗？当苟百都向他炫耀，一脸的恶肉刷漆似地油亮，他恨不能一个石头砸过去，砸出五颜六色的脑浆来，但面对着高头大马和乌黑的枪管他惧怕了。柳子言的泪水倒流肚里，为女人伤心了，为孱弱的自己伤心了！他不愿多停留，在丑陋的苟百都面前的无能比那一次面对着女人的无能更使他羞辱，再不要让钟情过他的女人看见他了！

一声枪响，使他跌倒了，蓦然间他估摸这一枪是苟百都打向他的。女人现在既已做了苟百都的老婆，瞧着自己无能的样子是不是感到可怜可笑，不经意中会把过去发生的事情失口泄露于她的匪夫吧？土匪毕竟不是守财的姚掌柜，一定不允许一个风水先生曾对他的老婆做过的事体。

马踢腾着沙石过来了，苟百都在喊："你站住，站住！"柳子言猛然之间翻身而跑，苟百都愈发怒了，开始叫骂，马匹一个飞跃。几乎是掠过柳子言的头顶落在他的面前。柳子言准备死去。

"苟百都，你要打死我吗？"他说。

"你跑什么？"苟百都说，"我的老婆要给你说话！"

柳子言吃惊了，他看着女人，女人从马上跳下来向他走来。女人站在两丈外的一株细柳下，一头乱发飘拂，蓬蓬勃勃如燃烧的黑色火焰。

"你没给我说一句话，你就走了？"她说。

"恭喜你。"他说。

"你再说一遍！"

"你要做压寨夫人了，我恭喜你。"

女人嘎嘎地怪笑着，靠在了细柳上，细柳负重不了，剧烈地摇晃了。

柳子言调头又要离去。

"你就这么走吗？"女人突然地厉声嘶叫，手抓住了细柳上的一枝，竟将枝条扳下来，凶得像恶煞一样扭曲了五官。"你就会走吗？你一辈子就会乌龟王八一样地走吗？！"

当女人发疯地扑上来，柳子言不知所措地呆住了，倏乎间柳枝劈头盖脑抽下来，啪啪啪声响一片，柳叶碎纸似的满空皆是。柳子言没有动。他知道今日是丢命了，与其死在苟百都的枪下，还不如被心爱的女人活活打死！他感觉到的并不是疼痛，女人手中的也不是柳条，是锋利无比的刀，在一阵迅雷不及掩耳的砍杀下，他似乎还完完整整，瞬间则一条胳膊掉下去，另一条胳膊也掉下去，接着是头，颈，腰，腿。一截一截散乱了。女人喘着粗气无休无止地挥动枝条，留给了柳子言满脸的血痕，一截截柳枝随着一缕缕头发飞落在水面，终于只剩下一尺余长了，仍不解恨，哗啦一声撕裂了他的褂子，赤身上露出了那红绸裹兜，女人呆住了，软在地上，号啕起来。

遍身是伤的柳子言在女人倒在沙窝，泪水和鼻涕一齐迸出之际，蓦然明白了一个女人的心。女人竟还在爱着他！感激之情油然生出，珍视着从自己脸上流下来的血滴在河滩的石头上溅印出的奇丽的桃花。他要弯身扶起哭倒在面前的女人了。苟百都却以为柳子言欲反击自己的老婆，在马背上吼道："柳子言，你敢动我老婆一个指头，我一枪敲了你的脑壳！"柳子言高傲地抬起头，说："我哪能打了她？苟百都，我现在正式恭贺你了！"苟百都笑了："你早这么说就好了！你现在可以走了。"但柳子言没有走。女人说："我不让他走！"苟百都说："柳子言，你听见了吗，她不让你走，你就给她下跪再道个万福吧！"女人说："我要让他和咱们一块走！"苟百都疑惑了，眉头随之挽上疙瘩。女人说，“柳先生能踏坟地，怎不让他同咱们一块回家去踏个坟地，你还指望我将来的儿子像你一样半辈子给姚家跑腿吗?”苟百都哈哈大笑起来：“说得好，说得好！柳先生，苟某人就请你为苟家踏吉地了。姚家有钱，能赏你一桌面银圆，苟某人有的是枪，会抢一个女人给你的!”

三个人结伴而行了。

先是苟百都和女人同骑一匹马，马后步行的是柳子言。小桥，流水，古木，巉崖，女人不停地遗落了手帕要柳子言捡了给她，或是瞧见一树桃花，硬要柳子言去折了她嗅。行过三里，马背上的女人便叫嚷马背上颠簸，一身的骨头都要散架了，苟百都便命令柳子言背着她，“你不悦意吗？不悦意也得背!”柳子言巴不得这一声唤，在女人双手搂了他的脖子，树叶一般飘上背来，立即感到了绵软的肉身热乎乎的如冬日穿了皮袄。哎呀，女人的香口吹动了一丝暖气悠悠在后脑勺了，女人耳后别的一撮柔发扑闪了前来摩抚着他的额角了，柳子言重新温习了久久之前的那一幕的情景。他不知觉自己载负了重量行走，而是被一朵彩云系着在空中浮飞。当半跪在背上后来又换了姿势的女人将两腿分叉地垂在了两边，柳子言紧紧反搂着一双胳膊。眼睛就看见了两只素洁的肥而不胖的红鞋小脚，呼吸紧促，噎咽唾沫。扬扬得意的苟百都在马背上又吹起口哨。柳子言终是腾出手来把那脚捏住了，捏了又捏，揣了又揣，乐得女人说一句“生了胆了!”苟百都看时，女人用手指着山崖上一只在最陡峭处啃草的羊，而同时另一只手轻抠起柳子言的后心了。

到了过风岔，苟百都的家就在岔垴。三间石板和茅草搭就的屋里独住着瞎了一只眼的老娘。山婆子见儿子冷不防地带回一个美妇人，喜得没牙的嘴窝回去，脸全然是一颗大核桃了，举灯将女人从头照到脚，悄声对儿子说这婆娘是从哪儿拾掇来的，屁股好肥，是坐胎的胚子，只是奶太端乍，将来生了娃娃恐怕缺了奶水子吃。天一黑，柳子言被安置到屋旁的旧羊棚里歇息，女人才过来看他，苟百都便也过来扔给了一个缝了筒儿装塞着禾草的老羊皮，说“你要孤单，搂了它睡吧”，一弯腰将女人横着抱到草房东间土炕去了。

幸福了一路如今又被抛进冰窖和油锅受水火煎熬的柳子言，掩了柴扉，静听着山里的鸟叫。鸟叫使夜更空。石礅上插着的松油节焰不旺，直冒起一股黑烟，柳子言想，躺卧在深山破败寂冷的旧羊棚里，自己背了来的女人却在了一墙之隔的炕上，这是与那个女人算什么一种孽障啊。而苟百都呢，一个黑皮土匪，今夜里却搂了爱自己的恁个美艳的妇人在自己的旁边，这真是天下最残酷不过的事情。这样想着的柳子言，随手咚的一声，抛过褡裢将那个松油节打灭去了。

石板房里，传来了苟百都熊一般的喘息声，间或有女人的一声“啊”叫，睡在房西边炕上的山婆子开始用旱烟锅子敲着柜盖了，问：“百都，你怎么啦？你们打架了吗？”苟百都回话了：“娘，睡你的！你老糊涂了?!”后来，一切安静，老鼠在拼命地咬啮什么，柳子言听见石板房门在吱扭拉响，女人嚷着拉肚子，经过了旧羊棚，就蹲在棚门外的不远处。隔着柴扉的缝儿，柳子言看不清她的眉脸，一个黑影站起又返回房中去了。一次如此，二次又如此，柳子言知道了女人的用意。她并没有闹什么肚子，她冒着寒冷为的是经过一次旧草棚来看看他！柳子言的眼泪潸然而下，他把柴扉打开，他要等待女人再一次来解手，但女人重新蹲在了旧羊棚门外，他才要小声轻唤，野兽一般的苟百都却赤条条地跑出来把她抱了回去。

翌日，同样是瘦削了许多的三个人在门前的涧溪里洗脸，柳子言在默默地看着女人，女人也在默默地看着他，飞鸟依人，情致婉转，两人眼睛皆潮红了。早饭是一堆柴火里煨了洋芋和在吊罐里煮了鸡蛋。苟百都只给柳子言一颗鸡蛋吃，便爬上屋前槐树去割蜂箱中的蜜蘸着鸡蛋喂妇人。女人说：“我是孩子吗？你把你鼻涕擦擦！”苟百都的一珠清涕挂在鼻尖，欲坠不坠，擦掉了却抹在了屋柱上。女人一推碗，说：“柳先生，你吃我这些剩食吧，我恶心得要吐了！”柳子言端过碗，碗里卧着囫囵的五颗荷包蛋，心里就千呼万唤起女人的贤惠。

柳子言有心给出土匪的苟家踏一个败穴，咒念他上山滚山下河溺河砍了刀的打了枪的染病死的没个好落脚，而苟百都毕竟在姚家时跟随诸多风水先生踏过坟，柳子言骗不过他。“你要好好踏!”苟百都警告说，“听说吉穴，夜里插一根竹竿，天明就能生出芽的，我就要生芽的穴!”柳子言踏勘了，苟百都真的就插了竹竿，明天也真的有芽生出。苟百都喜欢了，提出一定要亲自送他走二十里山路回去。柳子言又得和女人分别了。女人说：“柳先生，你现在该记住我家的地方了，路过可要来坐呀!”苟百都说：“是的，苟某人爱朋友。”女人送着他们下山，突然流下泪来，说：“山里风寒，小心肚子着凉呀!”柳子言按按肚子，感觉到了那肚皮上的裹兜。苟百都就笑了：“瞧，一时也离不得我了！柳先生，你不知道，有娘儿们和没娘儿们真不一样哩!”

苟百都真的把柳子言送出了二十里，到了一座山弯处，正是前不着村后不靠庄，苟百都拱了手寒暄柳子言是苟家的恩人，永远不会忘了。柳子言喉咙里咕涌着一个谢，爬上山坡去。差不多是上了坡顶，苟百都掏了一颗子弹丸儿，鞋底上蹭了又蹭，还涂了唾沫，一枪把柳子言打得从坡的那边滚下去了，说：“苟百都有了美穴，苟百都就不能让你再给谁家踏了好地来压我!”

已经是一年后的又一个初夏，苟百都便不再是昔日的苟百都，黄昏里蹴在前厅后院的新宅前，举枪瞄一棵山杏树上的青果子打，打下一颗就让妇人吃一颗，得意洋洋又说起柳子言踏的坟地好。可不是吗，自滚了坡的老娘白绫裹了葬在吉穴，他不是顺顺当当就逃离了白石寨，树了竿子坐山头。他唐井是司令，咱也是司令嘛！做了司令就有人买司令的账儿，这不就一院子的青堂瓦舍么，不就有大块的肉，大碗的酒，苎麻土布，丝绸绫罗，连尿盆不也是青花细瓷么？妇人在姚家那么多年，生养出个猪儿来吗!？没有，现凸了肚皮，一心只想吃个酸杏。这狗×的柳子言真是好本事！

女人听厌了苟百都的夸，扭头起身回屋坐了。她不能提柳子言，柳子言就是一枚青杏果，一提起心里便要汪酸水。柳子言为苟家踏了好风水，柳子言却恁地再不照面过风岔！不爱着的人，狼一样地龇牙咧嘴敢下手，爱着的人却是羊羔似的软，红颜女人的命就是这等薄了?!

哀怨苦命的女人，只有独坐在后窗前凝视林中月下的青山，青山是那么照人的明艳却不飞扬妖冶，白杨林子是那么庄严又几多了超逸，但青山与杨林的静而美，美而幽，幽而哀的神意实在不容把握。这样的月夜里，是决不要听到枪声的，白石寨的土匪一来，枪支并不比唐井多的苟百都就要着人背她先去山峰顶上的石洞里避藏了。石洞里凿有厅间卧间和粮食水房，洞外的光壁上石窝中装了木橛架了木板，人过板抽，唐井的子弹爆豆般地在洞口外的石崖上留一层麻点。这样的月夜里，也是不要狗吠的，一条狗吠起，数百条吠声若雷。苟百都的喽啰回山了，鼓囊囊的包袱摊在桌上，黄的铜钱，白的银圆，叮叮当当抓着往筐里丢，同时在另一处的幽室中就有了一个呻吟的绑了票的人。这样的月夜里也是不要酒的，喝得每一个毛孔都散着酒气的苟百都就又要得意于他的艳福，想象着皇帝老儿该怎么淫乐。今夜的月下，就只让女人静静地临窗坐吧，恨一声柳子言你哄了我，骗了我。一架蓬蔓开了耀眼的葫芦花就是不见结葫芦！但终在一个月夜，女人看到了窗外不远的涧沟畔上的一株钻天的白杨，白杨通身生成的疤痕是多么活活的人眼哪。这眼是双眼皮的，这眼就是柳子言的眼，原来柳子言竟天天看着她！女人从此天天开了窗户，一掰眼就看着他的眼睛在看她。但是看着她的只是眼睛还是眼睛，柳子言，你到哪儿去了，真的再也不来了吗？婆娑的泪水溢满了女人的脸面，女人最终把双手抚在了突出的肚腹上，将一颗慈善的心开始渐渐移到了未出世的儿子身上，说："你将来要当官的，真的，娘信着柳先生的本事，你也要信哩！当了官你就要天南海北地寻了他回来！"

柳子言其实并没有死。

一颗子弹打了来，那涂了唾沫的炸子儿当即炸断了一条腿在坡顶，而柳子言血糊糊滚落到坡那边的一蓬刺梅架里了。一位砍樵的山民背回了他，他央求着说他可以禳治这一家祖坟使主人从此家境滋润而收留他养伤，便开始了整整半年的卧床未起的生涯。半年里，北瓜瓤子敷好了断腿的伤口，他单足独立，再也不能爬高下低地跑动了。被抬回到老家去拄了拐杖学行走，一次次摔倒在地，磕掉了两枚门牙，终于能蹒跚移步了，就常倚残缺的石砌院墙看远山如眉，听近水呜咽，想起那一个自己答应过要去见的女人。但他独足去不了过风岔，他没有枪，他对付不了土匪苟百都。

夏日正热，于堂前的蒲团上坐了燃香敬神，祈祷着思念中的女人能大吉大安的柳子言，听到了一阵异样的脚步声，回过头来，一副滑竿抬进门，下来的竟是仍没有老死的姚掌柜。掌柜一脸老年斑，给柳子言拱拳了，说找了先生数年，一会听说先生遭苟百都给害了，一会听说先生还活着，他无论如何要亲自来看看，果然先生还这么年轻这么英俊，竟好好的嘛！柳子言无声笑了笑就站起来，一条腿没有了，惊得掌柜忙扶住他，日娘捣老子的骂那土匪苟百都，“苟百都害了你害了我，他是咱俩不共戴天的贼啊！”柳子言又一次被掌柜请去北宽坪重新踏风水了。但他不是骑了驴子，而是坐在背篓里雇人背着去的。

旧地重游，柳子言坐在了女人曾经赐给他情爱的那个小房里失声痛哭，掌柜问他伤了什么心。他说想起了四姨太，还是这间房，还是这把椅子，却再见不到四姨太了！掌柜遂也老泪流出，劝慰柳先生不要为她难受，说四姨太好是好，再也寻不到她这般俏眉眼的娘儿们了，可毕竟现在是土匪的婆子，他掌柜也不为她哭坏身子了。柳子言说："你知道她的近况吗?"掌柜说："我只说她被抢了过去不是拿剪子捅那土匪，也得触柱死去，她竟旺旺活着！听人说她出门，后边有两个护兵跟随，真真正正是土匪婆了！"柳子言心里愤愤起来：一个家有万贯的财东，一个不该娶少妇偏娶了少妇的老头，你拱手把四姨太献给了土匪，却要怨怪四姨太没有在新婚的夜里触柱死亡，得一个贞节的名号！这也算一个与四姨太十余年的丈夫，算北宽坪地方的绅士么？对着并不慈善的掌柜，柳子言收回了对他遭到苟百都迫害的同情，也全然坦然了多少年里总有的一丝对他不起的心思。厌恶起掌柜的柳子言这么骂一个男人的歹毒，却也从掌柜身上看见自己的丑恶，骂起自己不也恰恰和这枯老头一样没有保护了那个女人吗？女人原本不爱掌柜。况且掌柜人也老了，而自己呢？柳子言扭头看窗外，窗外的枣树还在，他不禁戚戚感叹："今年枣树上没干枣了。"

"枣树上哪儿还有干枣呢?"掌柜干笑了一下，忽问起一个问题来。"柳先生，听说苟百都也占了一处吉地?"

柳子言说："那也算一块吉地吧。"

掌柜说："那他还有大气数吗？你知道吗，为了占那吉地，他是将他娘掀进沟里跌死，对外说是失了足……哼，一个瞎眼山婆子能守得住?!"

柳子言说："甭提土匪那一宗了，柳子言会给你再踏出一块好穴位，迁埋骨殖的。"

掌柜连声就呼着丫头，催问酒温好了没有，又说柳先生这次来不必着急踏勘，先喝三天的醉酒，姚家大院中的这些使唤丫头喜欢上哪一个了就只管招叫了去侍候你。

柳子言也真的这一顿酒吃醉了。

就在柳子言醉吐了一定要掌柜来打扫那秽物的时候，一个爆炸的消息传到了北宽坪，说是苟百都被龙抓了！掌柜一把搂住了也被惊得酒醒的柳子言长一声笑，短一声哭，夸讲着天神之公道，也夸讲土匪早不死迟不死偏在柳子言要重踏坟地迁葬父母骨殖的今日而死，这定是将要踏出美穴的预先兆应了。两个人已经听报信人说过一遍苟百都被龙抓的经过，却仍要再说一遍又说一遍，确确实实地核证了这一切皆是事实。威风着方圆百里的苟百都是在前三天下山到黑龙口坪坝里的一家财东炕上抽烟土，已经抽过三个时辰仍不过瘾，他眉飞色舞地给财东和另几个土匪讲他的英武。说唐井派人来杀他，此人枪法好，刀法也好，却不知他苟百都是怎么个人物竟使唐井也奈何不得！那人来了，他枪也不带刀也不挎，端了火盆在门口吸旱烟哩。来人问："谁是苟司令？"他说了："我就是苟百都，伙计，来吸一锅子吧！"来人说："嗬，原来是黑皮八斗瓮！"他说："是长得差些。"还是低头吸他的烟。烟灭了，用手在火盆里捏一颗红炭按在烟锅上，来人眼就看直了。点燃了烟叶取下火炭，火炭没放在盆里却放在了膝盖上，膝盖上的肉就嗞嗞响，再说一句："这烟叶真香，你真不吸吗？"来人就跪倒在地了，说："苟司令你是条汉子！要么你砍了我的头，要么我跟你吃粮！"那一把短刀就摔在他面前了。在座的财东说司令就这么收了来人了？苟百都说："屁！当粮子逛山不敢杀人我要他干啥？"拾起来人的刀在眼前看锋刃，说句好刀口哩，忽地一下砍下来人的头。头因为掉得太快，那眉儿眼儿还是笑笑的，便差人直送白石寨去了！在座的皆土色了脸面，苟百都就哈哈大笑，笑未毕，屋外忽然天变，一朵云停在屋当顶，接着嘎唧唧一个炸雷一道电光打开窗子冲进来，众人全都震昏了。待眼目睁开，屋里一切完好，唯独不见了苟百都，急奔出门，空中咚地掉下个黑炭来，苟百都烧焦成二尺长。掌柜又是一串大笑，突然说："可惜了，可惜了！"报信人说："掌柜说土匪死得可惜了？"掌柜说："听说他有两颗金牙，花了大钱镶的那金牙就烧化了！"报信人说："哪里就烧化了，他的喽啰敲了金牙才用白布裹苟百都。正为了这事，他们不敢回去见那四姨太，不不，见那匪婆子，才一哄都散了——苟百都的尸首还是那家财东埋了的。”掌柜说：“你说的对，是四姨太，今日晚上我就要去过风岔接回那娘儿们，回来了你还叫她四姨太!”

姚掌柜匆匆去张罗接四姨太的事宜了，留在了厢房里的柳子言却仍为突如其来的喜讯震得说不出话来。四姨太，那个心爱的美妇人竟然还能再次一见吗？他不能不感慨这是怎样的一种缘分啊！当掌柜领了一班人灯笼火把去了过风岔，柳子言的死而复生般的惊喜却遂被另一层为自己和那女人的悲哀代替了，一个逃离了老朽去当了三年的压寨夫人的四姨太，到头来又回到朽而又朽的老头的炕上，那女人就是因为长得太美么？每一次像猎物一样被狼叼来叼去，又每一次偏让柳子言遇着。暂短的相会，留下的竟是长长久久的悲伤和凄凉，这是对那可怜女人的残忍呢还是对为此而残废了的柳子言的残忍?！那么，自己对一个可望而不可即的女人的爱恋是一种自寻的罪过了，就不要再把这种罪过同时带给那个女人吧。这么想着了一夜，发起了高烧的柳子言终于决定在四姨太被接回时绝不去见她，眼不见心则不乱，让她度过她后半世的清静岁月吧。

天稍稍发亮，柳子言收拾了褡裢，扶杖而走了，但门前的土场上一副滑竿急急抬了过来，他看见了坐在滑竿上面色黑灰眉眼扭曲的掌柜，却没见到四姨太。他拱手搭问：“四姨太呢?”掌柜却并没有回答他，昨晚那飞扬的神气没有了一点痕迹。“四姨太没有接回来吗?”他又问了一句。掌柜哼了一声，显得那么的不耐烦，却恶狠狠对放下了滑竿要散出的随从说：“把吃的东西送去，好好看管。今日大门关了，后门掩了，外边人一个不准进来，家里人一个不许出去!”便踉跄进了大厅去自个卧屋了。柳子言是不能私走了，看着立即有人抱了被褥提了饭盒出去，大门砰砰下了横杠，不知究竟出了什么事情。姚家的丫头和跑腿的在没人处交头接耳，一有人又噤声散开，柳子言不能询问任何人。他默默地回坐到厢房去，寻思四姨太一定没有接回来，或许四姨太已经死了，或许四姨太已逃离了过风岔。厢房的门口远远正对着院角的厕所茅房，短墙头上的一篷豆荚蔓细细簌簌响后，一个人头冒出来，柳子言知道这是姚家大太太在那里解手用豆荚叶揩了屁股了。但大太太却在短墙头上向他招手。

“来呀，柳先生!”她又一次招他，“你不想听听稀罕吗?”

柳子言走近去，蠢笨得如捣米桶一般的肥婆子走出了茅房短墙，一边系裤带一边说：“你知道小骚货的事吗?”

“四姨太?”柳子言忙问，“她到底怎么啦?”

婆子说：“哼，老鬼总忘不了吃嫩苜蓿，只说小骚货的×叫土匪×了，心还在他身上，没想土匪死了骚货还不回来!”

“不回来了。”柳子言说，“她到底是不肯回来的了。”

“不回来老鬼行吗，她有一副嫩脸脸么！老鬼真不嫌她脏，她是给土匪怀了个仔儿，肚子都那么大了，喝苦楝子水怕也坠不下来了！”

柳子言惊呆了：“四姨太有了孩子?!”

婆子说：“老鬼一看就上了气！要当场把土匪仔踢落下来，又怕丢了骚货的小命儿。可那匪婆子竟也往涧里跳，被人拉住，头上已破了一个洞。老鬼气得骂：你那时怎不就跳了崖，我还给你立个节妇牌呢！我现在来接你，你倒寻死觅活?!就把骚货用滑竿抬回来了，真该让她死去才好！”

柳子言忙问：“怎不见抬了回来?”

婆子说：“抬回姚家让生下那个土匪种吗？姚家是什么人，不要说招外人笑话，这邪祟气儿要坏姚家的宅舍呢？你瞧瞧，关在那个石堡里，让生下匪仔儿了，还要放三天的炮竹，艾水洗了身子，方能倒骑了驴子回姚家的门！”

肥婆子说着捂了嘴嘎嘎直笑，柳子言的脑子里已一片混乱，他望着院外山坡顶上的古堡，泪水拂面。那一座古战场残留的石堡，数年前他默默地从远处观望，想象了一个月夜他怎样地能和四姨太幽会其中，数年后的今日，四姨太竟真的被幽闭在那里了。石堡上到底是如何的败旧，荒草横长，野鸽遗矢，孤零零的一个美艳女人就在那里生养胎儿再将胎儿亲手处死吗？柳子言不知了肥婆子何时离去，他双手抠动着墙皮一步一跳地不能在厢房门口安静，指甲就全抠裂了，墙面上抹出了一条一条血道。突然单足跳跃竟走到厅房台阶下，他改变了主意要看看四姨太，甚至拿定主意请求在姚家长期住下，他要永远能见着那个女人，也要让那女人永远能见到他！他跳跃到台阶下再要跳上台阶，他摔倒了，碰掉了一颗门牙，对着听见响声出来的掌柜说："你怎么能将四姨太关在石堡呢？你不能这样待她！"

掌柜疑惑地看着他，说："柳先生，我是器重你的，你不要管我家私事。"

"不！"柳子言再一次从地上跳起，单脚竟如锥一样直立着，说："掌柜，这是你家的事，我本是不能管的，可你是请我来为姚家踏吉地的，你是知道的，积德为求地之本，知积德善人未有不得吉地的。苟百都为何死于非命，他行恶多端，吉地也成了弃地啊！"

掌柜说："我何尝不正是这样做呢，那娘儿们怀的是土匪的种，我让她出血流污的在姚家生养，岂不辱没了姚氏祖宗？我要不是待她好，我早在过风岔一刀挑开她的肚皮了！柳先生是手艺人，怕是昨日的醉酒还没完全醒的吧？来人，扶柳先生回屋去，熬了莲子汤好好服侍先生吧！"

几个跑腿的男人几乎是抬着柳子言到厢房去了。

躺倒在厢房土炕上的柳子言，现在只能是无声地抽泣，为了将来还是掌柜的四姨太的女人，他的求情遭到了掌柜的拒绝和厌烦，他的那点勇敢可怜地毫无作用可起。漫长的一天里，他恨着自己不是个土匪，若是有土匪的蛮力和枪杆，他也不至于这般容忍了掌柜这老狗。到了这时，反倒那苟百都真是个汉子，可惜了苟百都的死去，女人宁愿跟着土匪也比来姚家要好了。这一天终于将尽，四山严合，逼出了黑暗下来，月亮也随之出现，多清丽的月夜呀，原本是浪漫的人儿飞身于山峁，依山上下曲折的石堡栈道，让月光浸着雪净的衾绸，让月光逼着玲珑的眉宇，有了如丝的幽梦，有了如水的思愁，有彻悟有祈祷有万千神话……而现在的女人于石堡中哭淌了多少泪水？柳子言担心着女人经受不了生下骨血让人活活弄死的折磨而要死去的。是的，她要死去的，任何一个最坚强的女人都会在灰了心的绝望中死去！一时间，柳子言紧张得一身汗都出来了，他似乎就看见了女人披头散发地在那里吼叫，风却灌住了她的口，谁也听不到她的呐喊。她开始痴痴地盯着石壁看那一群快活的蚂蚁了。她是那蚂蚁就好了。上苍啊，怎么让这女人来世时托生一只自由自在的蚂蚁呢？石堡的门洞外，女人能看到月下起伏的万山壑岭么，能看到浮云浸拥的栈道石廊么？不不，石壁如塔压着她，如笼囚着她，她从门洞看到的是一堆堆磷火。对了，柳子言想起了发生在这山头的一件古远的传说，说是一位英武的将军驰骋鏖战了一生却终在最后被敌军包围在了这座石堡中。同样是一个美丽的月夜，石堡的内外躺满了部下的尸体，只剩下了将军的妻子和一个忠诚的卫士，将军看着满山围拢上来的敌军，他血刃了自己心爱的年轻的妻子，他不忍心妻子落入敌军手中受辱，在血刃了妻子而抱着她还微笑的头颅而哈哈大笑，对着吓呆了的卫士说："好了，我英雄的一生要结束了，现在，我要成全你。他们以三百两白银悬赏我的头，你就提了我的头去见他们吧，我忠诚的卫士！"说完，风吹动着他的长发，星月照耀着他的铠甲，一只手抓着头发，一手扬刀就抹掉了自己的头，竟然那只手把抹掉的头颅捏着而身子不倒。这古远的传说这么清晰地在柳子言脑海中浮现，他想，四姨太一定在这个时候听见了一片鬼的号叫，看见了那英雄的将军和将军的妻子，她在哀叹了：谁是我的英雄呢？英雄将军保不了妻子的活着，却保护了妻子的死去，这妻子也是幸福的。我一个容貌美丽的女人，因美丽而为臭男人们活着，如今要死在一个可爱的人的刀下也不成啊！柳子言愈这么想，愈坠进了不可自拔的境界里去，过去的一幕幕的无能、软弱、忍耐全然激发了一个男人的所有勇敢，咬牙切齿道："我是你的英雄，是的，我是你的英雄！"

英雄了的柳子言在夜静人睡之时，拨开了姚家的大门，拄杖往山上去了。

崎岖的山路上，柳子言摔倒了一次又一次，他开始往山头爬。他的衣服全破了。一条唯一的腿和两条胳膊血肉模糊。他预想着爬到古堡怎样地打开石堡洞门的栅栏，怎样地呼叫着四姨太的名字而与她相见，他要告诉她不要哭，也不要叙说长长久久刻骨铭心的思恋。赶快逃离石堡吧，即使天黑不能远离，也要到另一处的什么地方躲起来。然后他们在某一处相会，然后他要和她，或许她愿意独自一人，他都可以帮她逃到很远很远的地方去的。但是，当柳子言刚刚爬到了古堡下的栈道长廊下，看守着四姨太的人发现了。这是一位年迈的在姚家跑腿的老头，他是认识柳子言的，询问着柳先生摸黑怎么能到山上来。柳子言瞒不了他，老老实实地把一切都告诉了，他明白有人看守着古堡他是不能去搭救女人的。他说尽了女人的苦愁来感化这看守，甚至应允，若看守人能放他上去救那女人，他保证付一笔数目巨大的银钱，也保证为看守踏勘出一处大吉大贵的坟地，永葆其家族后代安乐昌盛。看守同意了，却劝柳子言不要亲自去，一个残废的人怎么能爬上那古堡，就是这栈道长廊，健全身体的人也要小心才能过呀。“先生请相信我，我就去帮四姨太逃走吧。明日掌柜要问，我就说我去拉屎，回来不见人了，大不了掌柜勒我一绳，罚了我一年的工钱。”柳子言感动得直磕头，说他今生今世忘不了老伯大恩，又千吩咐万叮嘱了许多许多要小心的事，方又倒爬着下山。

柳子言返回了姚家，天已经麻麻泛亮了，他若无其事地招喊了一个下人要求背篓里背了他去后坡根踏勘坟地。背篓背出了大门外，他却对着从河里挑水的姚家佣人说：“你就给掌柜说一声吧，我去后坡根踏吉地了，让他随后也来看看。”可是，当柳子言踏勘到了晌午，掌柜却没有来，柳子言也不急着回去，就躺在暖和的地坎下打盹了。昨夜的奔波已经弄得他疲倦至极，现在该是好好地歇息了。蠢笨的掌柜这阵在干什么呢？他哪里知道石堡中的四姨太已经远走高飞，而这一切又都是一个残废的风水先生所为的呢！他作想不来在某一个山洞里还是松林中的四姨太，这阵儿是怎么地感激和思念着他啊。他得很快地踏勘完坟地去相见，而那个尊敬的看守老头能在他一回到姚家碰见，告诉他四姨太的去处吗？柳子言终于在松弛心身后迷糊起来，将隐隐的一种后怕和一种暗自涌上来的英雄气概的念头带到了梦境，但同时听见了声音：“先生，你醒来，掌柜来了！”被佣人推醒了的柳子言果然瞧见掌柜远远走来了，且笑眯眯地在几丈外就说：“柳先生，你怎不多歇几天就踏坟地了！你这么为姚家费力，姚某人真是不知该怎样谢你了！”

柳子言说：“掌柜不必客气。你来瞧瞧，这个穴可真不错哩！”

掌柜说：“是吗，这么快的?！先生你怎么受伤了，满手是血呢?”

柳子言脸红了一下，忙说：“刚才下坎时不小心跌了，没事的。我想你既然来了，咱就把方位定了好下楔哩。”

掌柜却说：“先生急着是要走吗，这次来可不能让你很快就走的，我得好好款待你才是。过午了，回家吃饭吧，明日再来好了。”

柳子言被背了随掌柜回到姚家大院，掌柜却并没有让他去厢房用膳，而让人一直背他到厅房，掌柜则仰躺在睡椅抽起烟土来。一个泡抽完再抽一个泡，掌柜再不看他，也不说话，柳子言起身要往厢房去，掌柜突然说：“柳先生也爱上我的四姨太吗?”冷丁一句，柳子言脸唰地黄了扶桌站了起来又坐下，说：“掌柜，你怎么说这话？我姓柳的有什么冒犯了你吗?”掌柜说：“昨晚出了一件怪事儿，有人想要再夺走我的女人，竟到了石堡去，先生是能人，你估摸这是苟百都吗?”柳子言心里作慌了，他想一定是女人逃走后，掌柜在追查了。一想到女人已经逃走，柳子言又暗暗得意，恢复了脸面，故意作惊道：“四姨太真的接回来了？谁到石堡上去干什么？苟百都不是被龙抓了吗!”掌柜冷笑了：“苟百都是死了，可惜学苟百都的人没他那身膘肉！德顺，你进来吧!”厅房里便有一人进来，竟是石堡那看守四姨太的老头。老头看了一眼柳子言将头就垂下了。掌柜说：“姚家的下人出了一个苟百都咬人的狗，可再没第二个对姚某人二心的人，德顺告诉我了一切。我现在只想问柳先生一句，你爱上我的那个四姨太了吗?”柳子言在刹那间天旋地转了，他恨死了这个叫德顺的老头，龙该抓的不是苟百都而是这狗德顺了！自己英雄了一场，竟坏在一个卑贱的下人手里，柳子言知道他现在的结果了，却为女人将受到又一重的惩罚而叫苦不迭了。到了这步田地，柳子言还掩饰什么呢，胆怯什么呢？他虎虎地看着掌柜，突然说：“是的，我是爱上四姨太了，我第一次到姚家来就爱上了四姨太！掌柜你杀了我吧！”掌柜一丢烟具，哈哈大笑不已，直笑得身子连同睡椅前后摇晃，说：“柳先生真个坦白！我还可以告知你，你不但是爱上四姨太，四姨太也在爱上了你！”柳子言叫道：“不！这与四姨太无关，要杀要剐，我柳子言一人承担！”掌柜说：“柳先生真是爱女人爱得深呀！我并不杀你，你是我请来的贵客，我还要谢酬你哩，你知道我要谢你什么吗？我就把四姨太送你！我虽然爱这娘儿们，我为她破过家，在她当了匪婆子还把她接回来，但我今早去到石堡里见了她，我决定就送你了！”柳子言直直看着掌柜，他估摸不出这老谋深算的掌柜说这话的真正含义。他站在那里不动，等待掌柜的突然变脸而吆喝了五大三粗的打手冲进来。掌柜却又在说；“柳先生，难道你也不回谢我一句吗？”柳子言简直不能相信事情竟是这般变化，阴霾密布的天突然透亮，湍急汹猛的水突然拐弯平缓，狂旋的龙卷风突然消失了吗？他一低头颇答道：“掌柜说话若真，那我多谢了！”掌柜却说了：“但我却也要你保证，一定要踏勘个吉穴给我！你今日草草踏了一下就说要定方位，我姚某就不能依你了！好吧，四姨太我先让她在石堡上待几日，几时吉穴踏成，你就带她走吧！”

整整踏勘了六天，真心真意地选好一处吉美穴地的柳子言爬到了石堡，出现在他面前的四姨太已是于那一日的早上被掌柜抽打一通鞭子将儿子降生，儿子却活活地在她的面前摔死了，而她也同时于掌柜的面，用石片从左额直划出四条裂口到右腮，说：“你不是总爱着我这么张脸吗？我现在一心一意是你的四姨太了！”柳子言看着毁了容的女人，他啊地一声惊跌在地了。几分得意的掌柜也觉得愧对了柳子言，几分歉疚地说：“柳先生，我不该瞒着她毁容的事，望多谅解。娶女人就是娶一张脸，柳先生若不喜欢这个，姚某再送你个丫头好了，整头洁脸的乖巧人哩。”柳子言摇摇头，一下子跳起来，将面前的女人搂抱住了。

用鸡毛粘好了脸伤的女人，从此再也没有了往昔的俏丽，那四条从左眉斜斜下来到右腮的疤永远留下了红痕，但柳子言用驴子领回到他的家屋，怜爱如初。他拥抱着这个千难万难方遂了心的女人，再不是旧日无能的男人，他是丈夫，尽着丈夫的职责。

他们在五年之后终于生下了一个儿子。

有了儿子，使这一对夫妇不再是为了过一种安静可心的日子了。他们幻想着在这个世界上，要活得顺心适意，有头有脸，就必须是要当官的。他们商定要为柳氏家族选一个最好的坟地。大半生为了他人的幸福，柳子言踏遍了山山水水，现在他们是在为自己而选穴了。一头瘦小的毛驴子，载着已经花白了头发的夫妇，终于在一个雨后天朗的正午寻觅到了一个山嘴下，柳子言激动不已，满口白沫论说勘踏美穴的妙处，什么风水以山名龙，故山之变态千形万状，走垄之体转移顿异，其潜现跃飞变化莫测，唯龙为然。何以曰脉，是统人身之脉络，气血所由以运行而一身之禀赋，脉清者贵，浊者贱，吉者安，凶者兀，地脉亦然。什么龙要旺，脉要细，穴要藏，局要紧，砂要明，水要凝，化生开帐两耳插天，虾须蟹眼左右盘旋，明堂开睁砂脚宜转。他满口文言古辞，女人哪里听得明白，问这山嘴下该是什么穴，柳子言又得意指点，说那山嘴两边呈半环，环后有横峁，峁后又一山成大环抱，虽不是五山耸秀四水归朝，青龙双拥官诰复钟，但却也是梧桐枝穴，此龙身枝脚均匀之格，梧桐枝双迎双送，两平势对节，分枝作穿心，该是祖宗儿孙相顾，至贵呢！女人乐道："好了，好了，我不懂你的这样穴那样穴，我只要我儿子当官的穴哩！"

柳子言自小没有了父母，被师傅收养学道，他不知道自己的父母葬在哪里，坟墓拱好了，便做了先考先妣的灵牌安放进去，又为自己和女人拱了双合大墓，便宣布再不为人察识风水了。在儿子长到了十二岁，男长十二接父志，在一个早晨，夫妇俩烧了锅菊花汤水沐浴，穿好了所有崭新的衣服，对儿子说："儿呀，我们不可能看着你长到三十四十，也不可能为你留下青堂瓦舍的一院房屋，百亩良田，万贯资产，可我们可以助你去当官。从今往后，你不要想着你的父母，也不要守在这个地方，你可以出外去干你的事了！这个世界这么大，你不会孤单，你会有许多大事要干的。"儿子是聪明俊秀的人物，听从了父母的话，磕下一个响头，下山而去了。

这父母骑上了毛驴。女人虽然老了，身架还俏，人依旧干净，头脚整洁不乱，却把一块印格手帕顶在头上，手帕太大了，四个角便遮了脸。柳子言说："今日暖和没风，遮得那么严干吗？"妇人说："不遮，难看呢。"柳子言端详着她，脸上皱纹是纵横了，五官却不多一分不少一分地端正，那四条伤痕虽是发红，却看到了往昔的美艳，说："你一点不难看。你是天人，你原本是在天上，但你到了人间，桃花恨你，春风恨你。所以你受尽磨难，只有了这四道疤你才活得安生了！太阳这么好，咱要出远门，为啥要遮呢？"

妇人听从了丈夫的话，要骑上毛驴了，柳子言就去扶她，趁机要捏捏那一双精精巧巧的脚，再将一竿柳条给她，让她当驴鞭。女人就说："你再捏，我可要抽打你了！"两人遂想起过去长长的一幕，相视在阳光下就全笑了。

他们一个在前一个在后，就这么骑着毛驴来到了他们的坟地，直走到地下拱好的坟墓穴里，便动手将墓坑中的砖石一块一块封了墓穴口。封得那么严，没有一丝风可漏，没有一点光可透。柳子言说，今晚会有一场雨的，坟顶上的土能塌下来埋了墓道，咱们可以安安静静睡下。

该怎么睡呢？漆黑的世界里，女人并没有立即感到呼吸的紧促，她询问着柳子言，并撒娇地一定要柳子言扶了她睡下，且要双手就紧紧搂住她，让她头枕在那宽宽的胸脯上。柳子言按她的要求去做了。他们在这个时候听到了坟外风扫过墓顶，那几丛枯草摇曳着冷冷的金属声，有蚂蚁在叫，蚯蚓在叫，墓壁上爬动的湿湿虫释放着姜葱一样的气味。两人同时想起了过去的岁月，想到了那一切一切细微得不能再细微的细节，倒后悔忘了带一壶酒来，这些记忆是用盐风干的肉丝，蛮能有滋有味地下酒呢。柳子言开始摸索着从身上解那件已经很旧很旧几乎稍稍一撕就破的红裹兜，妇人并没看见，却感觉到了，也伸过手来，拉平了，盖在他们的脸上。

“这是咱们的铭旌哩！”柳子言说。

“铭旌都是要写一生功德的。”妇人说。

“那上面不是有血斑吗，那就算咱自己写下的。”柳子言说。

两人无声笑了。

“咱们的儿子会当了官吗?”妇人悄声又说。

“会的。这是一个好穴哩!”

“能做了什么官呢?”

“很大的官，真的，大官哩!”

十年后，四十里外的洪家戏班有一个出了名的演员，善演黑头，人称“活包公”。他便是柳子言的儿子。柳子言踏了一辈坟地真穴，但一心为自己造穴却将假穴错认为真，儿子原本是要当大官，威风八面的官，现在却只能在戏台上扮演了。

贾平凹主要著作目录

长篇小说：

1. 商州．北京：北京十月文艺出版社，1987.
2. 浮躁．北京：作家出版社，1987.
3. 妊娠．北京：作家出版社，1988.
4. 废都．北京：北京出版社，1993.
5. 白夜．北京：华夏出版社，1995.
6. 土门．沈阳：春风文艺出版社，1996.
7. 高老庄．西安：太白文艺出版社，1998.
8. 秦腔．北京：作家出版社，2009.
9. 古炉．北京：人民文学出版社，2011.
10. 带灯．北京：人民文学出版社，2013.
11. 贾平凹作品精选集（全12册）．桂林：漓江出版社，2013.
12. 老生．北京：人民文学出版社，2014.

13. 废都. 南京：译林出版社，2015.

14. 极花. 北京：人民文学出版社，2016.

中短篇小说：

1. 兵娃. 北京：中国少年儿童出版社，1977.

2. 姊妹本纪. 合肥：安徽人民出版社，1979.

3. 早晨的歌. 西安：陕西人民出版社，1979.

4. 山地笔记. 上海：上海文艺出版社，1980.

5. 贾平凹小说新作集. 北京：中国青年出版社，1981.

6. 野火集. 西安：陕西人民出版社，1982.

7. 小月前本. 广州：花城出版社，1984.

8. 腊月·正月. 北京：北京十月文艺出版社，1985.

9. 新时期中篇小说名作丛书·贾平凹集. 福州：海峡文艺出版社，1986.

10. 天狗. 北京：作家出版社，1986.

11. 故里. 郑州：中原农民出版社，1987.

12. 冰炭集. 西安：陕西人民出版社，1988.

13. 太白. 成都：四川文艺出版社，1991.

14. 贾平凹获奖中篇小说集. 西安：西北大学出版社，1992.

15. 晚雨·贾平凹民俗小说选. 西宁：青海人民出版社，1992.

16. 贾平凹早期小说精选. 西安：陕西旅游出版社，1992.

17. 晚唱．天津：百花文艺出版社，1992.

18. 贾平凹小说精选．西安：陕西人民出版社，1992.

19. 妊娠·逛山．北京：作家出版社，1992.

20. 黑氏．北京：作家出版社，1992.

21. 佛关．北京：作家出版社，1992.

22. 龙卷风．西安：陕西人民出版社，1992.

23. 人极．武汉：长江文艺出版社，1992.

24. 油月亮．北京：作家出版社，1993.

25. 逛山．杭州：浙江文艺出版社 1993.

26. 商州：说不尽的故事（共四卷）．北京：华夏出版社，1995.

27. 中国当代实力派作家大系·贾平凹小说精选．西安：太白文艺出版社，1995.

28. 贾平凹文集（八卷本，雷达主编）．北京：中国文联出版公司，1995.

29. 中国当代才子书·贾平凹卷．武汉：长江文艺出版社，1997.

30. 贾平凹文集（十四卷本，王永生主编）．西安：陕西人民出版社，1998.

31. 贾平凹小说选集．北京：人民文学出版社，1998.

32. 制造声音．北京：作家出版社，1998.

33. 喝酒．西安：陕西旅游出版社，1998.

34. 下棋．西安：陕西旅游出版社，1998.

散文集：

1. 月迹．天津：百花文艺出版社，1982.

2. 爱的踪迹．上海：上海文艺出版社，1985.

3. 心迹．成都：四川文艺出版社，1985.

4. 平凹游记选．西安：陕西人民美术出版社，1986.

5. 商州三录．天津：百花文艺出版社，1986.

6. 贾平凹散文自选集．桂林：漓江出版社，1987.

7. 人迹．广州：广东旅游出版社，1990.

8. 抱散集．北京：作家出版社，1991.

9. 守顽地．北京：人民文学出版社，1991.

10. 贾平凹散文精选．西安：陕西人民出版社，1992.

11. 贾平凹游品精选．西安：陕西人民出版社，1992.

12. 闲人．北京：作家出版社，1993.

13. 贾平凹散文大系（共三卷）．桂林：漓江出版社，1993.

14. 坐佛．西安：太白文艺出版社，1994.

15. 红狐．北京：中国华侨出版社，1994.

16. 四十岁说．西安：陕西旅游出版社，1994.

17. 说话．西安：陕西人民出版社，1995.

18. 中华散文珍藏本丛书·贾平凹卷．北京：人民文学出版社，1995.

19. 树佛．天津：天津人民出版社，1996.

20. 小石头记．广州：花城出版社，1996.

21. 如语堂．北京：中国工人出版社，1996.

22. 世界华人散文精品·贾平凹卷．广州：广州出版社，1996.

23. 走虫·贾平凹日记暨散文新作．北京：中国青年出版社，1997.

24. 敲门．北京：作家出版社，1998.

25. 做个自在人·贾平凹序跋书话集．呼和浩特：内蒙古教育出版社，1998.

诗集：

空白．广州：花城出版社，1986.

文论集：

1. 平凹文论集．西宁：青海人民出版社，1985.

2. 静虚村散叶．西安：陕西人民教育出版社，1990.

3. 平凹之路（与穆涛合作）．西宁：青海人民出版社，1994.

港台及外文版：

1. 中国现代文学选集之——贾平凹卷(日文)．日本德间书店，1988.

2. 中国新文学大系之——天狗(台版)．台北：林白出版社，1989.

3. 浮躁（港版）．香港：天地图书公司，1989.

4. 浮躁（英文）. 美国：路易斯安那州立大学出版社，1990.

5. 野山人家：贾平凹中篇小说选（法文）. 北京：外文出版社，1990.

6. 废都（港版）. 香港：天地图书公司，1993.

7. 废都（韩文）. 汉城文化社，1994.

8. 废都（日文）. 日本中央公论社，1994.

9. 废都（台版）. 台北：风云时代出版公司，1994.

10. 黄土高原（台版）. 台北：幼狮出版社，1994.

11. 白夜（港版）. 香港：天地图书公司，1995.

12. 抱散集（港版）. 香港：天地图书公司，1995.

13. 坐佛（港版）. 香港：天地图书公司，1996.

14. 废都（法文）. 法国司托克出版社，1997.

15. 古堡（英文）. 加拿大多伦出版社，1997.

16. 土门（日文）. 日本中央公论社，1997.

17. 土门（港版）. 香港：天地图书公司，1997.

18. 贾平凹集（越文）. 河内出版社，1998.

19. 贾平凹小说精选（2卷）. 台南：金安出版事业有限公司，1998.

20. 贾平凹散文精选. 台南：金安出版事业有限公司，1998.

21. 贾平凹散文大系（3卷）. 台南：金安出版事业有限公司，1998.